新潮文庫



新潮社版

11725

目次

# 近鉄特急殺人事件

# 第一章　東京脱出

## 1

警視庁捜査一課の女性刑事、北条早苗《ほうじょうさなえ》は、名前こそ古風だが、実際はまだ二十六歳。独身である。

現在、東京のJR中央線阿佐ケ谷《あさがや》駅近くのマンションに住んでいる。

マンションの名前は、第三Lマンションである。奇妙な名前は、持主が韓国人の李《り》さんだからで、築三十年の中古マンションである。北条早苗が生まれる前に建っているのだ。

低層の五階建で、旧式だからオートロックは付いていない。早苗が住んでいるのは、最上階の五〇二号室である。

三年前から、このマンションに猫が棲《す》みついた。メスの黒猫だった。

捨て猫だったのか、住人の誰かがエサをやったらしく、以来、マンションを離れなくなった。

したがって、誰かの飼い猫というわけでもない。早苗の部屋にも、ドアを開けた隙《すき》に入ってくることがあって、その度にエサをやっていた。

早苗は、この猫のことを勝手に「クロちゃん」と呼んでいたが、エサをやる住人がそれぞれに名前をつけているので、いく通りもの名前があるようだ。

黒猫には、調子のいいところがあって、どの名前で呼ばれても、すり寄ってエサを貰《もら》うのだった。

しなやかな身体《からだ》つきなので、一見、敏捷《びんしょう》そうに見えるのだが、意外にノロマで、時々エレベーターに閉じこめられて、鳴いていることがある。

ある時など、早苗が警視庁から帰ってきて、エレベーターの入口で黒猫と一緒になったので、五階で降りて、追って来ているものとばかり思った。部屋のドアを開けたまま、猫にやるエサを探していたが、いっこうに入って来ない。あわてて探したら、エレベーターに閉じこめられて、鳴いていたのである。

十月十日、この黒猫が、鳴き声で、殺人を知らせることになった。

## 2

一階一〇一号室。建物の入口に一番近い部屋である。

この日の早朝、午前六時少し前、新聞配達員が、一〇一号室で猫が鳴いているのに気がついた。

この配達員も、黒猫をよく知っていたから、一〇一号室に閉じこめられたのだろうと思った。猫は、鳴き続けている。

(それにしても、部屋の住人は、なぜドアを開けて、猫を逃がしてやらないのだろう?)

と、新聞配達員は、ドアを叩《たた》いてみた。

返事がない。

猫は鳴き続けている。ドア越しのせいか、少しくぐもって聞こえるが、猫の鳴き声は意外に通るものだ。

住人が部屋で寝ているとしても、この鳴き声で目を覚ましそうなものである。それとも、留守なのだろうか。

(猫を部屋に入れたままで外出してしまうなんて、ずいぶんうっかりした話だ)

配達員は、ドアの鍵《かぎ》のあたりをよく見たが、ボルトがしっかり刺さっている。これでは、こっそりドアを開けて、猫を出してやることもできなかった。

管理人は日勤なので、八時にならないとやってこない。

阿佐谷は、都心に近いので、住人も八時を過ぎて、ようやく出勤する者が多い。

八時になって、やっと七十歳の管理人が出勤してきた。

全《すべ》ての配達を終えて、仕事帰りにLマンションの前を通りかかった配達員は、ちょうど管理人と出会えた。

猫は、疲れたのか鳴き止《や》んでいるようだ。

事情を聞いた管理人が、一〇一号室のドアをノックする。が、返事はない。

「小早川《こばやかわ》さーん」

と、管理人が住人の名前を呼びながら、ドアを叩く。

猫が、また鳴き出した。が、住人の返事はない。

その時、配達員が奇妙なことに気づいた。先ほどは掛かっていたドアのボルトが外れているのだ。誰かが、猫を閉じ込めたまま、部屋を出入りしたというのか。しかも、鍵も掛けずに外出したのだろうか。

配達員が、そのことを告げると、七十歳の管理人は、不用心だな、と呟《つぶや》いた。

「小早川さん、大丈夫ですか」

と、管理人は再び声をかけながら、そっとドアを引いた。

猫が飛び出して来るかと思いきや、何事も起こらない。室内を見回すと、洗面所の戸の向こうから、鳴き声が聞こえてきた。

管理人が、小早川の名を呼びながら部屋に上がり、洗面所の戸を少し開けた。閉じこめられていた黒猫が、この時とばかりに、猛烈な勢いで飛び出してきて、足の間をすり抜けて、外に消えて行った。

「それにしても、不用心だな」

と、管理人が、照れかくしに再度呟いた時、新聞配達員が、

「奥、奥ですよ」

と、管理人の背中を突ついた。

よくある2DKの普通の造りである。

玄関を入ったところがダイニングキッチンで、右側に洗面所や浴室がある。正面の奥に六畳の部屋があって、さらにその右側に、もうひと部屋あるはずだ。

正面の部屋へ通じる引き戸が半ば開いていて、奥が見える。

そこに寝ている男の姿が見えたのだ。

「小早川さん。管理人です。鍵が開いていて――」

不用心ですよ、というつもりなのだが、相手が返事をしない。

「ちょっと、変ですよ」

と、新聞配達員がまた、背中を突ついた。

管理人が呼びかけても、返事をしないどころか、身動きもしないからだった。

「小早川さん」

と、名前を呼びながら、管理人は先に進み、男の顔を見下ろして、小さく悲鳴をあげた。

部屋の住人、小早川卓《すぐる》は、寝ているのではなかった。

俯《うつぶ》せに倒れた男の、白いワイシャツの背中が血で染まっていたのである。

それで、さわぎになった。

ちょうど出勤のために、一階におりて来ていた北条早苗が、さわぎを聞きつけ、管

理人に、

「警視庁捜査一課の北条刑事です」

と、告げた。そして、新聞配達員と管理人の二人を残して、部屋をのぞき込む住人たちを追いはらい、まず現状を確保した。

警視庁に電話したあと、新聞配達員に猫が鳴いていたことを聞いて、証言をスマホに録音する。

次に管理人に向かって、

「小早川さんは、ひとり暮らしでしたか？」

と、きいた。このマンションは、ファミリーよりも、単身や二人暮らしが多い。

「及川伊世《おいかわいよ》さんという若い女性と、お二人で入居です。同棲《どうせい》ということになりますかね」

「どうして？　旧姓を使っていたり、事実婚の人もいますよ」

「いつか及川さんが、同棲中なのといって、笑ってましたから」

と、管理人がいう。まだ、血の気の引いた顔は白ちゃけている。

「お勤め先は、どちらですか」

「お茶の水にある雑誌社に勤めていると、おっしゃっていました」

管理人は、小早川から、その雑誌を貰ったことがあると話した。「歴史の世界」という名前の雑誌だった。

「及川さんも同じ会社だと聞いています。よく一緒に出勤していました」

及川伊世から事情を聞く必要があるが、この時間では、まだ出版社は開いていないだろう。

早苗は改めて部屋の中を見廻した。

被害者は、背中を三ヶ所も、刺されている。が、凶器は見あたらない。犯人が持ち去ったのか。

現状では何もわからない――。

## 3

警視庁捜査一課の十津川《とつがわ》班が、マンションに到着した。

検視官の見立てでは、小早川卓三十歳の死亡推定時刻は、今朝の午前五時から六時頃だろうという。正確なところは、司法解剖を待たなければならない。

十津川は、お茶の水の雑誌社に電話し、及川伊世二十五歳が、まだ出勤していないことを確認した。通常なら、もう出勤しているはずの時間だった。

状況からすると、及川伊世が、同棲中の小早川卓の背中を刺して殺し、逃亡したと考えられる。その時、ドアを開けたので黒猫が入り込み、閉じこめられてしまったということになる。

ただ、奇妙なのは、猫が洗面所に閉じ込められていたことだった。それに、早苗が新聞配達員から聞いた証言があった。

スマホの録音を聞いた十津川が、北条早苗に確認した。

「新聞配達員が六時前に猫の鳴き声を聞きつけた時には、ドアは施錠《せじょう》されていたのに、八時過ぎに管理人と一緒に部屋に入った時には、鍵が開いていた。それは確かなのか？」

「はい、この録音にある通りです」

早苗の答えに、十津川は考え込んだ。そして、

「雑誌社に行って、小早川卓と及川伊世のこと、特に、最近の二人の様子を聞いてきてくれ。二人の仲だけでなく、周辺にトラブルがなかったかどうか、情報を集めてほしい」

と、日下《くさか》と北条早苗の二人に命じてから、部屋の中を調べることにした。

テレビや冷暖房器具などは、ひと通り揃《そろ》っている。

小さな本棚には、二年分ぐらいの「歴史の世界」が積んであり、他には歴史書も並んでいた。

だが、スマホやノートパソコンなどは見つからなかった。

被害者小早川卓のスマホがないのは、犯人が持ち去ったのか。

狭い部屋なので、調べは簡単だったが、亀井《かめい》刑事が、部屋にかかっている額の裏から、一通の封書を見つけた。

部屋の壁には、二つの額がかかっていて、どちらにも風景写真が入っているのだが、その片方の裏に、白い封筒が差し込まれていたのである。

封筒の表には筆で「覚書」と書かれ、裏には「及川伊世」の名前があった。

かなりの達筆である。

封筒の中の便箋《びんせん》には、同じく筆で次の文章が書かれていた。

穢《けが》れた大都会を脱出して、神の地に行く。私を追えば、神の罰を受けよう。

十月十日早暁《そうぎょう》

「何なんだ。これは」

と、十津川が呟いた。

彼の神経では、あまりにも時代離れしていたからである。

しかし、と十津川は考えた。神がかったところを消してしまえば、

「私は、東京を脱出する。追ってきたら、ひどい目にあうぞ」

と、とれるのだ。

「カメさんは、どう思うね」

十津川は、それを亀井に渡してきいてみた。

亀井は一読して、

「追いかけてきたら、殺すぞという脅しですね」

と、あっさりいった。

「じゃあ、及川伊世が犯人ということか」

「そこがよくわからないのです。第一、この覚書が誰に宛《あ》てたものなのか。我々警察に宛てたものとは思えませんからね。警察に、追ってくるなといっても無駄だということは、誰にでもわかるでしょうし、殺すというのなら、警察を全員殺さなければなりません」

「これが、額の裏に入っていたんだね」

「そうです」

亀井が、その額を持ってきた。

「この写真の裏に入っていたんです。どこかの風景写真です」

「どこの風景か、至急調べてくれ」

と、十津川が、亀井にいった。

そのあと、十津川は、もう一度、「覚書」という文字に眼をやった。

これを書いた及川伊世は、東京を脱出して、どこへ行こうとしているのだろうか。

そして、彼女が小早川卓を殺した犯人なのだろうか。

4

同じく十月十日、午前八時十分。

JR京都駅とつながる近鉄京都駅ホームから、賢島《かしこじま》行の特急「ビスタEX《エックス》」が発車しようとしていた。

新幹線のホームからは少し離れているから、ぎりぎりで乗り換えようとする人は、あわてて走って、この電車に乗り込む。

長い間、近鉄の主力となってきた３０００系と呼ばれる特急型車両だが、一九九六年から四年間、さらに二〇一〇年から二年間にわたって、二度の大規模なリニューアルが実施された。

正式名称は３０００系ビスタＥＸ。四両編成、中間の二両は二階建て、ダブルデッカーである。

車体は橙色《だいだいいろ》と白のツートーンで、中央の二両は一階部分が白、二階部分は橙色に塗り分けられている。

ダブルデッカーの二両の階上席は、ゆりかご式のリクライニングシート。階下席は、ヨットのキャビンをイメージしたグループ専用席になっている。

伊勢《いせ》志摩方面へ行く近鉄の特急では、最新鋭の豪華列車「観光特急しまかぜ」が有名だが、このビスタＥＸのグループ席も、なかなかの人気だった。

賢島行の特急ビスタＥＸは、定刻の午前八時十分に、近鉄京都駅ホームを出発した。

この列車の時刻表は、次の通りである。

京　都　　八・一〇

| | |
|---|---|
| 近鉄丹波橋 | 八・一七 |
| 大和西大寺《やまとさいだいじ》 | 八・四三 |
| 大和八木 | 九・〇五 |
| 名《な》張《ばり》 | 九・二八 |
| 伊勢中川 | 九・五五 |
| 松　阪 | 一〇・〇三 |
| 伊勢市 | 一〇・一六 |
| 宇治山田 | 一〇・二〇 |
| 五十鈴川《いすずがわ》 | 一〇・二三 |
| 鳥《と》羽《ば》 | 一〇・三三 |
| 志摩磯部《いそべ》 | 一〇・五一 |
| 鵜《う》方《がた》 | 一〇・五七 |
| 賢　島 | 一一・〇二 |

賢島行の路線は、大阪難波や近鉄名古屋からも、同じ３０００系特急ビスタＥＸが走っている。「しまかぜ」や伊勢志摩ライナーも投入されているから、伊勢志摩経

由のこのルートを、近鉄は観光のドル箱路線と考えているのだろう。

京都駅を出発した特急ビスタEXは高架線を走る。

線路は、東寺の五重塔に向かうように、大きく左にカーブして、東海道新幹線や東海道本線と離れていく。

伊勢方面は南に向かうから、離れていくのが当然だが、乗客は何となく、仕事から離れていくような、楽しい気分になってくるのだ。

二つ目の大和西大寺は大きな駅である。ここは、同じ近鉄の奈良線、橿原《かしはら》線との接点になっているので、停車時間は長くなってくる。

三分ほど停車してから、次の大和八木に向かって発車した。

近鉄丹波橋の手前で高架部分が終る。高架の時は踏切がないが、地面に下りたとたんに踏切が多くなるので、一般の道路と同じ高さを走っていることが実感できる。

駅のすぐそばに踏切があって、トラックや自転車や制服姿の学生が、踏切が開くのを待っている。京都の街とは、どこか雰囲気が変わってくるのだ。

さらに、名張、伊勢中川と過ぎていくにつれて、窓の外は都会の風景ではなくなっていった。

一〇時〇二分、松阪着。

ここには、松阪牛を使ったすきやきで有名な「和田金《わだきん》」がある。本来は逆だろうが、この和田金で、すきやきを食べたいから、伊勢神宮にお参りする人もいるという。

しばらく前から、トンネルが多くなっている。

周辺は、小高い山が見えたり、こんもりした林が散在したりする。その樹々《きぎ》が、列車に覆《おお》いかぶさるように迫ってくる。しかし、よく考えてみると、樹々が押し寄せてきているのではなく、人間が森を切り裂いて、レールを通したのだ。

しきりに、逆方向の特急や普通列車とすれ違う。それだけ、この路線が混み合っているのだろう。

伊勢神宮に参拝するには、伊勢市駅か宇治山田駅で降りることになる。実際、多くの乗客が、このどちらかで降車していく。

鳥羽駅に停まる。

近くに観光船の発着する桟橋があり、真珠島は駅から五百メートルの近さだが、残念ながらホームから海は見えない。

一一時〇二分、終点賢島着。

明るく近代的な駅ホームは、四面五線と広い。

かつては、この先に真珠港駅という貨物駅があったが、半世紀前に廃線になった。

現在では、この賢島が近鉄の最南端の駅である。当然、ビスタEXの乗客は、全員ここで降りることになる。

車掌の野村は、いつものように四両の車内を調べていく。

まれに一人か二人寝ていて、終点なのに降りずにいる乗客がいるのだ。

いつだったか、寝ている乗客がいるのに気づかず、回送になるまで、見逃してしまったことがある。

一号車、二号車と調べ、三号車の二階に上ったところで、やっぱりかと、野村は苦笑した。

乗客が一人、ひじ掛けにもたれるようにして、寝ているのを発見したのだ。

四十代に見える男だった。

「お客さん」

と、笑いをこらえながら、野村が声をかけた。

「終点ですよ」

だが、反応がない。よほど深い眠りなのだろうと、今度は、

「お客さん」

と、軽く肩を叩く。

男の身体が、ゆっくりと座席から床に倒れてきた。

顔が見えた。

青いというよりも、白っぽく見える。生気を失った眼が半ば開かれ、嚙《か》みしめられた口元からは血が流れて、すでに乾いていた。

野村車掌は、ふるえる足で階下席におりて行き、車両のドアロから、ホームにいる駅員を呼んだ。

「こっちへ来てくれ。大変なんだ！」

駅員が駅長を呼び、駅長が一一〇番した。

賢島は、三重県志摩市に属している。

鳥羽警察署からパトカーが駆けつけて、志摩消防署からは救急車がやってきた。

男はすぐに近くの救急病院に運ばれたが、すでに死亡していた。医者は、青酸性の毒物による中毒死の可能性があると判断した。もちろん、司法解剖が必要だった。

男が死んでいた座席の付近には、ペットボトルや飲物の缶は見当たらなかった。

毒物を自分で飲んだ自殺とすれば、毒物はカプセルか何かに入っていたのだろう。

あるいは、他殺だとすれば、犯人が容器を持ち去ったのかもしれない。

代わりに男の背広のポケットから、京都発宇治山田行の切符が見つかった。

近鉄特急は全て指定席だが、男が死んでいた座席と、切符に表示された座席は異なっている。車内を移動して、誰かと落ち合ったとすると、他殺の可能性が高まってくる。

死んだ男の身元が、わかってきた。

運転免許証や身分証明書、それに名刺などで、男の名前は、

「中村信彦《なかむらのぶひこ》」

と、断定された。

東京のN大の歴史学の准《じゅん》教授である。

住所は、世田谷区成城のマンションだった。

三重県警鳥羽警察署から、この人物について警視庁に照会があった。

そのことで、十津川が刑事部長の三上《みかみ》に呼ばれた。

「三重県警から照会のあったこの人物について、至急調べてもらいたい。中村信彦四十八歳、世田谷区成城のマンションが住所だ」

と、三上がいった。

「しかし、私は今、阿佐谷で起きた殺人事件の捜査に当っておりますが」

十津川が、やんわりと断わると、

「そちらの被害者の名前は小早川卓、東京N大の卒業生だろう？」

「そうです」

「行方不明になっている及川伊世も、N大の卒業生だな」

「その通りです」

「中村信彦は、そのN大の准教授だ。しかも、歴史学だよ」

「なるほど。小早川も及川も、『歴史の世界』の発行元に勤めています。こちらの捜査に関係してくるかもしれませんね」

と、十津川はいった。

十津川は、亀井刑事と二人で、成城に向かった。

小田急線成城学園前駅から徒歩十二分にあるマンションの、八階の八〇二号室が、中村信彦の住まいだった。

2LDKながら、ゆったりした広さで、中村はここに五年前から住んでいるという。

「奥さんと二人で暮らしていましたが、去年の三月に離婚されてからは、おひとりでお住まいです」

と、管理人がいった。

十津川は、部屋の中を調べることにした。

N大の准教授で、専門は西洋史である。蔵書も横文字が多いが、日本史の本も出しているとあって、その関係の本も大量に並んでいた。

他に、三年前からAテレビで月一回、番組を持っているらしい。

「日本の歴史に異議あり」

これが番組のタイトルで、第二月曜日の午後十時からの一時間番組だった。

中村は、この番組のメインキャスターになっていた。

この番組を録画したDVDが十五枚あった。

一枚に、番組三本が録画されている。

十津川と亀井は、捜査本部にDVDを持ち帰り、さっそく三年前の分から当たることにした。

一回目、二回目のテーマは、こうなっていた。

「邪馬台国《やまたいこく》論争に異議あり」

多分その頃、邪馬台国論争が盛んで、何冊もの関連本が出ていたからだろう。人気のテーマだから、二回に分けて放送したのだ。

ベストセラーになった邪馬台国関連の本を俎上《そじょう》に載せ、その本や著者に対して、コメンテイターが異議を唱えていく内容だった。

中村准教授は司会もかねているのだが、一回目、二回目を見た限り、コメンテイターの中で、もっとも攻撃的だった。皮肉屋だということもある。

他の三人が理知的な専門家や温厚な評論家なので、中村の存在は目立つ。やり過ぎの感じがする。

三回目からのタイトルを並べてみると、こうなっていた。

「アマテラスに異議あり」

「ヤマトタケルに異議あり」

「鎌倉幕府に異議あり」

「本能寺に異議あり」

どのテーマでも、中村は先頭に立って、その分野の第一人者に論争を挑み、嚙みついている。

批判するために批判している感じもあるのだが、ＤＶＤを見ていくと、それがかえって番組としては面白い。

時には中村が逆襲にあって、滅茶苦茶《めちゃくちゃ》に叩かれる。中村は日本史の専門家ではないのだから、それも当然である。

しかも、どうやら、Aテレビはそれを意図しているようにも見える。

おそらくテレビ局側は、中村の言動に反発を覚える視聴者がいるのを、計算に入れているのだ。数回に一回、中村が一方的にやられているところを見せて、そうした視聴者に鬱憤《うっぷん》を晴らさせる。それを狙《ねら》っているようなのだ。

だから、この種の番組にしては珍しく、生放送なのだろう。

そうしたAテレビの狙いに気付いているのかいないのか、中村は毎回、攻撃的に話をすすめていく。

DVDを続けて見ていくうちに、そんな中村のやり方、時には無茶に思える攻撃が、いつの間にか、番組の中で、大きな見せ場になっていくのを、十津川は感じた。

番組が始まると、視聴者は中村の一方的な攻撃を期待するのだ。

現代社会には多くの壁がある。中には、邪魔な規制もある。社会を成り立たせるためには必要なのだが、規制は不満を生む。規制のせいで実力を発揮できないからだ。

サラリーマンなら、いくら上役が憎々しくても、歯向かったり罵倒《ばとう》したりは出来ない。馘《くび》にならないためには、じっと我慢するより仕方がない。

そんな不満を抱える人々にとって、先輩の学者だろうが、歴史通の有名人だろうが、構わずに論争を挑み、罵倒する中村の姿は爽快《そうかい》に見えるだろう。時にはある種の快感を覚えるかもしれない。

そして、それが重なるにつれて、中村が一つの権威になっていくのが、十津川には、はっきりと見てとれた。

十津川は、中村が映っていない場面は早送りで見ていたが、遂《つい》に先月放送された最新の回にたどりついた。

その回の最後に、次回予告があった。

次回のテーマは、

「伊勢神宮に異議あり」

である。放送日は来週の月曜日になっている。

中村が殺された十月十日は、木曜日である。

とすれば、賢島行のビスタＥＸで殺された中村准教授は、四日後の番組のために、伊勢へ行くつもりだったのではないか。

中村のことだから、単なる資料探しではなく、伊勢神宮を批判する資料を、探しに行くつもりだったのかもしれない。あるいは、誰か伊勢神宮に批判的な人がいると耳にして、出かけたのか。

しかし、ここで謎《なぞ》が一つ浮かび上がった。

中村が持っていた切符は、京都発宇治山田行だった。東京から伊勢神宮に向かうのであれば、京都よりも名古屋経由のほうが早い。名古屋からも、「観光特急しまかぜ」や、近鉄特急のビスタＥＸや伊勢志摩ライナーが走っているのだ。

名古屋ではなく京都を経由したのには、何か理由があるのだろうか——。

5

亀井刑事は、成城から新宿にあるＮ大に回って、大学の事務局で、中村准教授の評判を聞いた。

「学生からは、なかなか人気がありましたよ。どんな有名な学者でも、中村先生は平気で罵倒しますからね。そりゃあ学生は、面白がりますよ。ただ、真面目《まじめ》な学生の中には、怒りだすのもいましたよ」

と、事務局長はいう。

「同僚の先生や卒業生と、中村准教授との関係は、どうだったんですか？」

「卒業生については同じですよ。面白がる卒業生もいれば、困ったなと思っていた卒業生もいると思います。同僚の先生には、たとえば日本史や古代史を専門にされている人もいます。そういった先生の中には、畑違いの分野に口を出して、と苦々しく見ていた人もいるかもしれません」

「中村さんは、奥さんと去年離婚したと聞きました。奥さんは、どういう人だったんですか？」

と、亀井は、中村准教授の私生活を、きいてみた。

「京都の料亭の娘さんだったと聞いています。中村先生と別れて、今は京都に戻って、実家の料亭を切り回しているのではないですか。中村先生は大学が京都なので、向こうにお知り合いが多いようですよ」

と、事務局長はいった。

N大で聞き込みをした後、亀井は、六本木のAテレビに行き、「日本の歴史に異議あり」のプロデューサーやディレクターから、中村准教授の評判を聞いた。

「中村先生は、この三年間、番組にとって必要不可欠な方でした」

と、プロデューサーがいった。

「だから、来週からどうしようか、非常に困っているんですよ」

ディレクターも、口をそろえるようにいった。

「番組では、ずいぶん攻撃的な発言をしていたようですね。あれは中村さんの性格ですか?」

と、亀井がきいた。

「性格でしょうね。だから、番組にうまく、はまったんだと思います。地ではなくて演技だったら、今の視聴者は簡単に見破って、すぐに見なくなりますからね。ただ――」

「何です?」

「番組で有名人をやっつけるのが好きですから、正論より異論の方が好きでしたね。またそれが、先生に人気がある理由でした。だいたい、正論より異論の方が面白いですから」

と、プロデューサーがいった。

それに付け足すように、若いADが、端の席から、いった。

「私なんか、しょっちゅう先生から異論探しを命じられましたよ。来週の月曜日までに何か見つけてこい、といわれて、一日中、神田の古本屋街を探し廻ったこともあります」

「そういう資料代は、番組の経費で出るんですか？」

亀井がきくと、ＡＤは笑って、

「うちは低予算の番組ですからね。経費は限られているんです。でも、先生の気に入る資料を見つけてきたら、そりゃあご機嫌で、十万、二十万でも自腹で出してくれました。その代わり、先生の気に入らないと、なんでこんなつまらないものを買って来たんだとクソミソで、一円も払ってくれません。経費で落とすのが大変でしたよ」

と、いう。

「それは、正しい歴史的な資料というよりも、中村さんが気に入った資料ということですね」

「だから」

と、プロデューサーが、口を挟んだ。

「先生は、面白い資料があるからと騙《だま》されて、大金を払ったことがあるみたいです。いわゆる『偽書』ですよ」

と、いった。

亀井は何となく、今の話で中村信彦という人物が、わかってきたような気がした。

「来週放送するテーマは『伊勢神宮に異議あり』だと予告されていました。中村さんは、それに備えて、近鉄特急で伊勢へ行ったのでしょうか？」

「たぶん、そうだと思います。中村先生は負けず嫌いですから、放送の前には必ず徹底的に資料を集めたり、在野の研究者に会ったりしていました」

と、ディレクターが答えた。

「中村さんは、京都から伊勢に行ったようなんですが、今回の放送に関して、京都にも取材先があったんでしょうか？」

「それは分かりませんが、京都には、よくいらしていたようですよ」

「離婚された奥さんの実家が、京都にあるそうですね」

「いや、それとは関係なく……。私の口からは、ちょっと、これ以上は申し上げられません」

その時、若いADが、また口を挟んだ。

「二、三日前ですが、中村先生から電話があって、どうしても伊勢に行かなくてはならないと、いっていました。朝早くから行きたいので、前日は京都に泊まると……。京都には、先生がいつもお泊まりになるところが――」

ディレクターに睨《にら》まれて、ADが言葉を切った。

それ以上は、亀井がいくら促しても、彼らは口を開こうとしなかった。

6

亀井が捜査本部に戻ってくると、十津川は、これまでに分かってきたことをまとめることにした。

亀井が聞き込みに行っている間、十津川は、三重県警と連絡を取って、ビスタEXの事件の進展を把握しようとしていた。小早川卓殺しの鑑識や司法解剖の結果も入ってきていた。

彼らがまず考えなくてはならないのは、中村信彦の死と、小早川卓殺しとの間に、関係があるかどうかということだった。

「今のところ、二つの事件に共通しているのは、二人ともN大の関係者ということだけだな」

と、十津川はいった。

「中村はN大の准教授で、小早川はN大の卒業生ですね。もう一つ、小早川の同棲相手だった及川伊世も、N大の卒業生です」

と、亀井がいうと、十津川が首をかしげた。

「それでもN大だけだろう、共通点は」

「小早川と及川は、『歴史の世界』を発行している出版社に勤めています。中村は、西洋史が専門ですが、日本史を扱ったテレビ番組を持っていますから、三人とも、歴史、特に日本史という共通点もありますよ」

「しかし、歴史が殺人事件にどう関係してくるのか、それが見えてこないね」

と、十津川。

しばらく沈黙があってから、亀井がいった。

「小早川殺しの容疑者は、及川伊世と考えていいでしょうか？」

十津川が、少し考えてから、うなずいた。

「今のところ、ほかに容疑者が浮かんでいないからね。ただ、小早川と及川の間に、何かトラブルがあったという報告はないんだ。二人は会社でも同僚だったわけだが、上司や同じ編集部の人間にきいても、別れ話が持ち上がっていたというような話は出てこない。小早川は、背中を三ヶ所も刺されていたのだから、相当に強い殺意があったと考えられるが、動機が分からない」

小早川卓の背中の傷は三ヶ所。一ヶ所は、心臓に達して、それが致命傷だった。使用された凶器は、両刃のサバイバルナイフ状のものと思われると報告があった。

「あの覚書が、動機に関係しているのではありませんか？」

「それは考えられるね。『私を追えば、神の罰を受けよう』という、あの言葉が誰に向けたものか、それが分かれば動機が分かってくる。そんな気がしているんだ」

と、十津川がいった。

及川伊世の足取りは、まだつかめていなかった。勤務先の出版社には姿を見せず、携帯電話も電源が切られていて、連絡がつかない。まだ容疑者と断定されたわけではないので、重要参考人として全国に手配する段階ではなかった。

「小早川卓の死亡推定時刻は出ていますか？」

と、亀井がきいた。

「司法解剖の結果、午前五時から六時の間ということだ。——カメさん、何か思いついたことがあるんじゃないか？」

十津川が逆にきくと、亀井が思い切ったようにいう。

「ずっと考えていたんですが、中村信彦が乗った京都発の近鉄特急に、及川伊世も乗っていたんじゃないでしょうか」

「面白いが、時間的に乗れるのかね」

と、十津川がいった。

「中村が殺されたのは、京都八時十分発の賢島行の近鉄特急です」

亀井が、手帳を見ながら、いった。

「賢島行の近鉄特急は、名古屋からも出ていますが、中村が京都発の切符を持っていましたから、及川伊世も京都から乗ったと考えてみます。問題は、八時十分発の近鉄特急に間に合うように、新幹線に乗れるかどうかです」

亀井は、手帳のページを、十津川に見せる。

のぞみ一号

東京 六・〇〇 → 京都 八・〇八

「これで、何とか乗れるのかね？」

と、十津川がきくと、亀井は首を横にふった。

「京都駅の新幹線ホームと、近鉄の改札口は少し離れているんです。五分あれば、ぎりぎり間に合うかもしれませんが、二分では無理です」

亀井は、手帳の別の箇所を、十津川に示した。

のぞみ九九号
品川　六・〇〇→京都　八・〇二
「これなら、ビスタEXの切符を買う時間を考えても、何とか間に合うでしょう。近鉄は、指定席券も券売機で買えますからね」

「小早川と及川のマンションは、阿佐谷だったね。阿佐谷のマンションから、六時までに品川に行けるのか？」

「JR中央線で、阿佐ケ谷発五時五分の千葉行に乗れば、五時三十九分に品川に着けます。六時発の『のぞみ』には、楽に間に合いますよ」

と、亀井がいった。

「二人のマンションは、阿佐ケ谷駅の近くだったから、五時に及川伊世が小早川卓を殺したとすれば、何とか間に合うということか」

「死亡推定時刻の上限ぎりぎりなのが、気になりますか」

亀井がいうと、十津川は、うなずいていった。

「そうなんだ。ぎりぎり可能だとしても、ずいぶん綱渡りのように思えるんだよ」

十津川には、もうひとつ気懸りな材料があったが、それとは別の話をすることにした。及川伊世のアリバイを検討するのは、本人の供述を聞いてからでも遅くないと考えたからだった。

「及川伊世が、中村准教授と同じ近鉄特急に乗ったと、カメさんが考えたのは、なぜかね？」

「あの及川伊世の『覚書』が気になったからです。あの紙には、『穢れた大都会を脱出して、神の地に行く。私を追えば、神の罰を受けよう』と書かれています。彼女には、自分を追いかけてくる人間がいることが、分かっていたんじゃないでしょうか」

「その追手が、中村信彦か」

「そうなってきます。自分を追ってくる中村に対する警告として、あの覚書を残したんです」

「ちょっと待ってくれよ」

十津川が、急に眼を光らせて、

「覚書の中にある『神の地』というのは、伊勢神宮のことかもしれない。伊勢神宮は、昔から日本人が一番行きたがる、聖地の中の聖地だからね」

「そういえば、彼女の名前も気になります」

と、亀井がいった。

「名前？」

「伊世です。伊勢神宮からとった名前かもしれません」

「それは、少し考え過ぎじゃないか」

「しかし、気になります。たとえば、彼女の両親が伊勢神宮の熱心な氏子で、それにあやかって、伊世という名前をつけたということも考えられます」

「わかった。それも、調べてみよう」

十津川は、以上のことを三上部長に報告した。

「部長が推測したように、阿佐谷の事件と、近鉄特急の車内で起きた事件との間には、関連があるように思います」

「それなら、三重県警との合同捜査が必要だな」

三上が、あっさりいう。

「東京での捜査は、日下と北条にまかせて、私と亀井刑事は伊勢に行きたいと思います」

「近鉄特急の事件の捜査本部が置かれているのは、死体が見つかった賢島駅を管轄《かんかつ》する、鳥羽警察署だぞ」

「中村准教授が持っていたのは、京都発宇治山田行の切符でした。それに、こちらの事件の容疑者である及川伊世が、伊勢に向かったのではないかと考えられるのです」

と、十津川は、いった。

「わかった。許可する。警察庁を通じて、合同捜査の要請を出しておく。ただし、まず捜査本部のある鳥羽警察署に行き、三重県警の連中に挨拶《あいさつ》をしておいてくれ。伊勢に行くのはそれからだ」

と、三上部長がいった。

十津川は、翌朝、京都発八時十分の近鉄特急ビスタEXに乗ることに決めた。亀井がいっていたように、品川発の「のぞみ」から乗り継ぐことができるのか、念のため確認したいと考えたからだった。

早朝の出発になるが、その前に考えておくことがあった。

亀井と話して明確になったことだが、阿佐谷の事件と近鉄特急の事件の関係者に共通するのは、歴史、特に日本史という要素だった。

もちろん伊勢神宮も、宗教施設というだけでなく、日本の歴史と深く関わっている。となれば、今回の捜査には、日本史の知識、特に伊勢神宮についての知識が不可欠である。

これまでにも十津川は、殺人事件の捜査で、伊勢神宮に行ったことはあった。ただそれは、伊勢神宮に関係する事件というよりも、門前町のおかげ横丁の事件だった。

そこで今回は、歴史、特に日本の歴史に詳しい人物の助けを借りることにしたのだ。

以前にも助力を頼んだことのある、歴史学者の太田黒之明《おおたぐろこれあき》に頼むことにした。

年齢は七十歳だが血気盛んで、十津川が頼るのは、既存の学説にこだわらない柔軟性があるからだった。

その点、殺された中村信彦に少し似ている。そのことも、太田黒に頼る理由の一つだった。

太田黒の自宅に電話をかけると、奥さんが出た。

「昨日から京都に行っています」

という。

京都の宿泊先のホテルにいる太田黒に電話をかけた。京都にいるなら、かえって好都合かもしれない。

電話に出た太田黒に、十津川は事件のことを話し、明朝一緒に近鉄特急に乗ってくれないか、と頼んだ。

「その事件のことは、こちらでもニュースでやっている。だが、三重県警の事件だろう。なぜ、君が出張してくるんだ？」

「三重県警との合同捜査になりました。東京で小早川卓という雑誌編集者が殺された事件との関連が疑われるのです。太田黒さんも、この『歴史の世界』には、時々寄稿されているのではないですか」

「そうだな」

と、太田黒が乗ってきた。

「私の担当は別の編集者だがね。中村信彦とは知らぬ仲ではない」

「先生の商売仇《がたき》だったんじゃありませんか」

「バカなことをいうな」

と、いったあと、

「明日、賢島行の近鉄特急に乗るのか」

「午前八時十分京都発の特急ビスタＥＸです。その三号車の二階席に乗って下さい」

「そこが、事件現場というわけか。しかし、明日は別の車両を使うんじゃないのかね。そこの座席にこだわる必要はないだろう」

「私は刑事ですから、こだわるんです」

## 7

翌十月十一日、金曜日。

十津川は早起きして、午前六時前に品川駅で亀井と待ち合わせた。通勤時間帯には大変なラッシュになる品川駅も、この時間はまだ、人もまばらだった。

十津川と亀井は、品川発六時〇分の「のぞみ九九号」で、京都に向かった。

京都駅の新幹線ホームから、近鉄改札口への順路は、あらかじめ調べてあった。駅構内で迷っていたら乗り損ねたかもしれないが、二人が近鉄特急のホームに着いた時には、八時十分発のビスタＥＸは発車を待っていた。三号車の二階に上がっていくと、太田黒の巨体が見えた。

十津川は、売店で買ってきたお茶を、太田黒に渡してから、

「よろしくお願いします」

と、頭を下げた。

定刻にビスタＥＸが発車すると、太田黒は、お茶を飲んでから、

「君たちは伊勢神宮について、どの程度、知っているんだ？」

と、きいてきた。

「天照大神《あまてらすおおみかみ》を祭っている神社だということは知っています。つまり、天皇家の先祖を祭っているということです。前回の式年遷宮《せんぐう》の時には、ちょうど関係した捜査があったので、この亀井と二人で、見学に行っています」

と、十津川がいった。続けて亀井が、

「おかげ横丁で、赤福を食べましたよ。内宮《ないくう》と外宮《げくう》があって、外宮からお参りするのが正しいと教わりました」

「それだけかね」

「というと？」

「疑問は、何もないのか？」

「疑問、ですか」

「大事な疑問があるじゃないか。第一に、なぜ伊勢神宮という名前なんだ？」

太田黒の言葉に、十津川たちは意表を突かれた。考えてみたこともない疑問である。

「なぜ、というのは？」

「伊勢神宮は天照大神を祭っている。それなら、天照神宮と呼ぶべきだろう。明治天皇を祭るから明治神宮、東郷元帥《げんすい》を祭るから東郷神社、東照大権現《だいごんげん》を祭るから、東照宮だ。おかしいじゃないか」

亀井が黙ってしまったので、十津川が反論を試みる。

「伊勢は、土地の名前じゃありませんか。京都に下鴨《しもがも》神社という神社があります。祭神の名前ではなく、下鴨という地名が採られています」

「伊勢神宮の伊勢は、単なる地名ではない。伊勢の神々の意味だよ」

と、太田黒がいう。

「参りました」

と、十津川は、苦笑と共に、太田黒に教えを求めた。太田黒がいっている違いが分からない。

太田黒は、急に教授口調になって、

「伊勢志摩地方は、もともと大和朝廷の勢力範囲ではなくて、出雲《いずも》王国が支配していた。もちろん伊勢も、出雲王国の支配下にあった」

「それほど出雲王国というのは強大だったと？　私の印象では、出雲だけの地方王国なんですが」

「最近の研究では、前方後円墳とも違う、独特の形の古墳が、出雲で六つも発見されている。つまり、六代続いた王国があったということだよ。出土する鉾《ほこ》や鏡の少なさから、実際には小さな王国だったのではないかと考えられていたが、近年になって突然、新たに大量の鉾や鏡が発見された。しかも、鉾が青銅ではなく、鉄製だった。つまり、強大で高度な文明だったことが分かってきたんだ」

十津川が、かすかにうなずくのを見て、太田黒は話を続ける。

「その後の日本は、大和朝廷によって統一されるわけだが、伊勢はどうだと思う？今でも伊勢地方に行くと、大和系、アマテラス・スサノオ系の神社が数百ある一方で、出雲系、大国主命《おおくにぬしのみこと》系の神社も、同じく数百、存在するんだ。実は最近、鉄道ファンになって、飯田線《いいだ》に乗って来た。飯田線、知っているかね？」

と、急に脱線してきた。

息子が鉄道マニアの亀井刑事が、

「よく知っています。長野県の中央を南北に走っていて、秘境駅が多いので、マニアに注目されています」

「その飯田線の三河一宮《みかわいちのみや》駅で降りてね、そこの砥鹿《とが》神社にお参りしたんだが、これが完全な出雲系の神社なんだ。祭神が大国主命で、つまり、あの辺りまで、出雲王国の力が及んでいたことになる」

「しかし、伊勢神宮は、天照大神が祭神になっていますね」

「今もいったように、あの地方は、かつては出雲王国の勢力範囲で、出雲大社に祭られているのと同じ出雲系の神々が、伊勢でも祭られていた」

「大和朝廷の勢力と出雲王国の勢力が、伊勢でぶつかったということですね」

十津川にも、ようやく太田黒がいわんとすることが分かりかけてきた。

「日本書紀には、こうある」

と、太田黒はいって、日本書紀の一節を暗誦《あんしょう》してみせた。


天照大神、倭姫命《やまとひめのみこと》に誨《おし》えて曰《のたまわ》く、この神風の伊勢国は、常世《とこよ》の浪の重浪帰《しきなみよ》する国なり。傍国《かたくに》の可怜《うま》し国なり。この国に居《お》らむと欲《おも》う、とのたまう。故《かれ》、大神の教のまにまにその祠《やしろ》を伊勢国に立てたまう。

「簡単にいえば、伊勢が気に入ったので、倭姫命が住みつき、天照大神を祭る神社を、伊勢に建てたということだ。戦前に、この神話を疑うことは許されなかったが、戦後、この神話をそのまま信じる人は、誰もいない。伊勢志摩地方にも先住民族がいたし、彼らの先祖を祭る伊勢神宮に、これから天照大神を祭るといっても、通るはずがないんだ。私は、その頃、伊勢志摩地方は、出雲王国の勢力範囲だったと考えている」

「どうしてですか？」

「伊勢という地名は、もともと、伊勢津彦神《いせつひこのかみ》と呼ばれる国津神《くにつかみ》が、この地方を治めていたことから来ている。その伊勢津彦神の別名は、出雲建子命《いずもたけこのみこと》という。その名の通り、出雲系の神さまだからだ」

「それが、天照大神を祭る神社に、簡単になったとは思えませんね。日本書紀に伝えられる倭姫命の話は、のどかで平和的ですが」

「ヤマトヒメとヤマトタケル（倭建命）は、共に天皇の子だが、その名前の特定の個人がいたわけではない。個人の名前が重要ではないといった方がいいかな。日本書紀が、この名前を使うのは、大和朝廷が他の王国を攻撃した歴史を伝える時なんだ。攻撃に武力を使った場合は、その象徴としてヤマトタケルの名前が使われ、懐柔策に出た場合は、ヤマトヒメの名前を使った。私は、そのように考えている」

　十津川が、太田黒の話を咀嚼《そしゃく》してから、いった。

「伊勢の場合はヤマトヒメだから、懐柔策ですか」

「伊勢国風土記《ふどき》によれば、神武天皇が天日別命《あめのひわけのみこと》に、『はるか天津《あまつ》の方角（日の出の方）に国がある。直ちにその国を平らげよ』と命じた。そこで天日別命が軍を率いて、東に数百里、進軍すると、一つの集落があった。そこに神様がいて、伊勢津彦と呼ばれていた。天日別命は、伊勢津彦に向かって、『汝《なんじ》の国を天孫に献上せよ』と迫ったところ、伊勢津彦は、『我はこの国を拓《ひら》き、長い間統治している。したがって、この国を汝に託すことは出来ない』と反抗した」

「どこかで聞いたような話ですね」

十津川がいい、亀井が、

「出雲国の国譲りの神託ですよ」

と、いった。

「そうだ。出雲でも伊勢でも、大和朝廷は出雲王国と衝突になった。どちらも結局、アマテラス側に出雲側が屈服して、国譲りをしたことになっているが、ちょっと脅かされたぐらいで、自分の国や神を、侵略者に差し出したりはしないよ。出雲の国譲りでは、説得に三年かかったとあるが、実際には、激しい戦争が三年続いたと考えていい」

「三年続いて、どうなったんですか？」

「それは、結果が示している。出雲大社という巨大な神社が残っているんだ。しかも、一日を二分して、アマテラスが昼を、オオクニヌシが夜を支配することにした」

「大和朝廷が勝ったというわけではないんですね」

「戦争の勝者が、敗者に譲歩するはずがない。当時の戦争では、勝者は徹底的に相手を叩き潰《つぶ》しているからね。ここでは、それがないんだ。伊勢でも、祭神は天照大神にしているが、天照神宮ではなく、伊勢神宮と呼ぶ。これは譲歩ではなく、大和側の屈服だよ。代々の神職は、伊勢神宮というのが恥ずかしかったから、ただ『神宮』と呼んでいた。これだけでも、勝利とはいえないのが明らかだろう」

「大和側が勝ったわけでも、出雲側が勝ったわけでもない。停戦ですか？」

「大和朝廷も、この戦いには勝てないと思ったんだろうね。たぶん出雲王国も同じだった。だから、停戦した。停戦を提案したのは、侵略側の大和朝廷だと思うね。むしろ譲歩しているのは、大和の方だからね」

「勝者なき戦いですね」

「大和朝廷側から見れば、屈辱的な戦いだったと思う。だから、戦いとはいわず、国譲りといったんだと思う」

「伊勢神宮という呼び方以外にも、それを裏付けるものがありますか？」

「出雲地方には、アマテラス系の神社もあったが、大国主命系の神社も、たくさん残っている。同じように伊勢にも、はっきりわからない神社が、たくさんあるんだよ。その多くは、もともと出雲系の神社だったと考えられる」

「でも、倭姫命を祭る神社もあるみたいですね」

と、亀井がいった。

「伊勢神宮の関係で、百二十五の社《やしろ》がある。その多くが、アマテラス以前からあった土地の神社だ。たとえば、水の神社とか、風の神社、土の神社。その総元締が、伊勢神宮だったわけだ。その後、伊勢神宮が、天照大神を祭神にすることになって、土地の社も、名前がアマテラス系に変えられていった。だから、祭神に二つの名前があったり、表向きの名前とは別に、本当の名前があったりするんだ」

「本当の名前、というと？」

「たとえば、鴨《かも》神社は、神宮の神主や巫女《みこ》に、宣託を伝える神が祭られている。遷宮にも重要な役目を持ったのだが、この祭神は石己呂和居命《いしころわけのみこと》という」

「聞いたことがありません」

「当然だ。記紀にも出てこないんだから。この祭神の本当の名前は、事代主命《ことしろぬしのみこと》という」

「その名前なら、聞いたことがありますよ。確か出雲の大国主命の子でしたね」

「大国主命の第一子で、アマテラスに出雲の国を追われた時、舟の上で板を踏み鳴らしつつ、海に沈み自殺したといわれている。死んで、アマテラス側に恭順の意を表したのだというが、私は全く信じない。抗議の自殺だよ。大和朝廷としては、伊勢神宮を、天孫一族の氏神だけを祭る神社にしたかったはずだ。ところが、天照神宮ではなく、伊勢の名前を残さざるを得なくなった。力関係が、ある程度、拮抗《きっこう》していたんだろうね。だから、神主や巫女に神の宣託をさずける、鴨神社の祭神にも、出雲系の事代主命を持って来る羽目になった。アマテラス側としては、口惜《くや》しかっただろうね」

「それだけ、伊勢神宮に天照大神を祭るのが難しかったということですね」

「そう思うね。大和朝廷側に余力が十分にあれば、名前も天照神宮にして、関係の社も、全部アマテラス系にしただろう。たとえば宇須乃野《うすのの》神社という名前の神社だが、この神社は、祭神の名前を隠している。もちろん、アマテラス系の神ではないからだ。表向きは百二十五社だが、本当の祭神を隠しているんじゃないか、と疑われる怪しげな神社が、ほかにもある」

「大和朝廷が、天照大神を伊勢に移したことには、どんな狙いがあったんでしょうか？」

「伊勢は、大和朝廷の勢力圏から見れば、東の端に当る。その先は海だから、陸の一番端に、天照大神を祭る神社を建てた。そこが大和王国の東の鎮守になり、国が安定する。それを狙ったのかもしれない」

「ところで、伊勢神宮は平和の神でしょうか。それとも、戦争の神でしょうか？」

と、十津川がきいた。

「伊勢神宮には、『異国降伏』を祈る祈禱所《きとうじょ》があった。一二七四年、最初の元寇《げんこう》が起きた時は、十二人の神職が、内宮と外宮に分かれて祈禱した。すると、両社が鳴動し、社殿から紅の雲が発生したという。そして、周りの大木や岩が巻き上げられ、西の彼方《かなた》へ飛来して、元《げん》の船団の頭上に落下したといわれている」

「神風ですね」

「七年後の弘安《こうあん》の役の時も、元の船に拳《こぶし》のような雹《ひょう》が降り注いだという。海が大荒れに荒れ、四千隻《せき》の元の船は、ほとんどが海に沈んだ。まさしく神風だね。さかのぼって、壬申《じんしん》の乱では、大海人皇子《おおあまのみこ》が伊勢神宮に戦勝を祈願し、大友皇子の軍勢に大勝している。くだって太平洋戦争中の昭和十七年には、昭和天皇が伊勢神宮に戦勝を祈願している」

「つまり、戦争の神ということですか？」

「戦《いくさ》の時は、戦争の神だろうが、平和の時には、平和の神だろうね」

と、太田黒が、いった。

その間に、近鉄特急ビスタＥＸは、松阪を過ぎていた。すでに三重県である。

それに気づき、十津川が、いった。

「わざわざ一緒に来ていただいたお礼に、帰りに松阪に寄って、和田金で、すきやきをご馳走《ちそう》しますよ」

「それなら、私はお返しに、退屈しのぎの問題を出しておこう。伊勢神宮に参拝する時、高貴な人ほど困惑することがある。それはなぜか」

と、太田黒が謎かけをした。

亀井と顔を見合せてから、十津川が、いう。

「中世の頃は、神宮の境内に、僧侶《そうりょ》が立つことは許されなかったそうですね。それと関係がありますか？」

「確かに、なぜか神職たちは、僧侶を忌《い》み嫌った。有名な西行《さいぎょう》法師は、伊勢神宮の神々《こうごう》しさに触れて、『何事のおわしますかは知らねども――』と歌っている。ところが、彼が僧侶だったために、神宮の境内に入ることは許されなかった。この問題は根源的なものだ。我々が伊勢神宮に参拝する時までに、答えを見つけてほしいね」

と、太田黒が、悪戯《いたずら》っぽく笑いながら、いった。

# 第二章 おかげ横丁

## 1

十津川と亀井刑事は、鳥羽で近鉄の各駅停車に乗り換えて、松尾駅で降りた。賢島は志摩市に属するが、管轄《かんかつ》する警察署は、この松尾町にある鳥羽署だからだ。

太田黒は、鉄道ファンだからか、終点の賢島まで乗るという。十津川たちとは、後ほど伊勢で合流することになった。

十津川と亀井は、鳥羽署に置かれた捜査本部に挨拶《あいさつ》に行き、三重県警と情報交換をおこなった。中村准《じゅん》教授の事件については、あまり進展が見られない様子だった。

再び近鉄に乗って、十津川たちは宇治山田駅に向かった。

小早川卓、及川伊世、中村信彦——彼らをつなぐ共通点は伊勢で、そこに事件の手掛かりがあると考えたからである。

太田黒は、打合せ通り、宇治山田駅前のカフェで待っていた。

「車内で、先生が出された問題があったでしょう。あの答を教えていただけませんか。いろいろ考えたのですが、答が見つからないのですよ」

と、十津川は、太田黒に、いった。

「参拝するまでに、といったが、それなら、お二人が実際に神宮に参拝した時に、実感してもらいたい。その方がいい。それより、もう少し基本的なことを話しておこう。伊勢神宮が、天照大神を祭った神社だということは話したね。ところで、アマテラスの性別は、男性か女性か、どちらだと思う？」

と、太田黒が、きく。

「もちろん、女性でしょう」

と、亀井が、すぐに答えた。

「どうして？」

「そう教えられてきましたよ。天照大神が男か女かなんて、考えたことがありません」

「天照大神は太陽神だ」

「ええ」

「太陽神という存在は、世界共通といってもいい。ギリシャ神話の太陽神アポロンは、男性か女性か？」

「男性です」

と、今度は、十津川が答えた。

「そうだ。エジプト神話の太陽神ラーも、男性だね」

「日本では違うのではないですか」

「天照大神に仕える斎宮《さいぐう》は、若い女性で、処女であることが求められた。この点からも、天照大神は、男性の方がふさわしいと思わないか？」

十津川が答に迷うのを見て、太田黒が別の話を持ち出した。

「天照大神が天の岩戸に隠れてしまったために、世の中が真っ暗になったという話を知っているね？」

「天の岩戸隠れですね。確か、困った神々の一人が舞を舞ったところ、それを見たくて天照大神が天の岩戸を開けて顔を出した。それで明りが戻ったという神話だったかと」

「踊ったのは、アメノウズメノミコトという神様で、女性だった。しかも、裸になって踊ったと伝えられている。その姿を見たいと思った天照大神は、男性だと考えるのが自然だろう」

「しかし、女性の神ということになっていますよ」

「私は、記紀がアマテラスを、意図的に女性にしたと考えているんだ。ところが、そうしたために、後世の人たちも当惑する状況になった」

「というと？」

「さっき話した、出雲の国譲りの神話を思い出してほしい。出雲国を支配していた大国主命に対して、天孫族のアマテラスが、お前の国をこれから支配すると言い出したわけだ。出雲側は反抗したが、アマテラスが、三年にわたって辛抱強く説得したので、とうとう大国主命とその子が、出雲をアマテラスに献呈した。アマテラスは、その代りに大国主命に巨大な出雲大社を造って与えたということになっているが、誰も信用しない話だ。自分たちが礎《いしずえ》を築きあげた王国を、三年説得されたからといって、はい、どうぞと献呈するか。当然、戦いがあったはずだろう。その戦いが三年続き、最後は、大国主命の子、建御名方神《たけみなかたのかみ》が、諏訪《すわ》まで逃げた。そこで、この戦争は終ったと見るのが妥当だ」

「なぜ、戦いではなく説得したと、すりかえられたのでしょう」

「天孫族にとっても、そのまま書く方が、自国の武威を示すことができる。ところが、天照大神を女性としてしまったために、女性神らしく、優しさを示す必要に迫られたんだ。後世になってもまた、この改変が無理を生じさせて、祟《たた》ってくることになる」

「祟ってくる？」

「中世以後になると、伊勢神宮の使命に、異国降伏が与えられることになったんだ。怒れる攻撃的な太陽神にはふさわしいが、優しい女性神に、異国降伏は似合わないだろう。天照大神の子孫である天皇家の間でも、この無理が尾を引いてしまった。昭和天皇は、何度か伊勢神宮に参拝されている。昭和三年と十五年の参拝は問題なかったが、昭和十七年十二月十二日の参拝は、太平洋戦争中だったから、米英に対しての戦勝を祈念された。繰り返すが、天照大神は女性で、戦争ではなく、説得で国譲りをしたことになっているんだ。その天照大神を祭る伊勢神宮で、戦勝祈願はふさわしくない。そのことに気づいて、昭和天皇は戸惑われたと思うね」

「伊勢神宮は、最初からねじれや矛盾を孕《はら》んでいる、ということでしょうか」

十津川は、ひとり納得したようにいった。

## 2

三人は、駅前のカフェを出て、歩いて外宮に行くことにした。伊勢神宮の常識として、外宮、内宮の順番に参拝するものとされている。宇治山田駅から外宮までは、徒歩で十分かかるかどうかという距離である。

「以前、息子を連れて、伊勢に来たことがありましてね」

歩きながら、亀井がいった。

「それは初耳だよ」

と、十津川。

「実は、鉄道マニアの息子が、どうしても近鉄電車に乗りたいとせがむので、そちらが旅の主目的だったんです。息子がいうには、近鉄は日本一大きな私鉄だが、不思議な鉄道でもあるから、乗ってみたいんだと」

「息子さんのお伴で、お伊勢参りか」

「二十年遷宮《せんぐう》から時間も経《た》っているし、ウィークデイだったので、てっきり空《す》いていると思ったんです。東京の明治神宮や靖国《やすくに》神社も、例大祭や正月には大変な人出ですが、普段は静かですからね。ところが伊勢神宮は、平日にもかかわらず、大変な人出だったので、びっくりしたんです。今日も同じですよ。どうしてですかね」

確かに、宇治山田駅から外宮に向って、参拝客が列をなしている。

外宮には、隣の伊勢市駅からの方が、わずかに近いかもしれない。そちらからも、人々が外宮に向かっているのだろう。

十津川が不思議というか、面白いと思ったのは、人々の歩き方だった。

東京の明治神宮や靖国神社では、参拝客は静かに歩いているのだが、ここでは、まるでピクニックにでも行くかのように、楽しげにぞろぞろ歩いている感じがするのだ。

この違いは、いったい何なのだろう。

十津川が、その違いをきくと、太田黒は笑って、いった。

「その辺のことも、あとで要望があれば、詳しく説明しようか。ただし、江戸時代に発する長い話になるから、退屈することは覚悟してくれよ」

外宮の神域に通じる、火除《ひよけ》橋を渡る。表参道である。

一の鳥居、二の鳥居とくぐって、豊受《とようけ》大神宮に近づいていく。いわゆる外宮である。

神域に入ったのだが、十津川も、そぞろ歩きの気持が抜けない。

豊受大神宮の祭神は、観光案内所で貰ったパンフレットによれば豊宇気毘売神《とようけびめのかみ》である。この神様について、十津川が幸いに知っているのは、天照大神の食事をつくる神、御饌都神《みけつかみ》だということぐらいである。

伊勢神宮に集まる百二十五社の中では、別格だといわれるだけあって、二十年ごとの式年遷宮でも、内宮と共に建て替えられている。まだ建物は真新しかった。

豊受大神宮の周辺にも、いくつかの神社が建っている。パンフレットを読むと、天照大神と共に、大和から移ってきた天津神系の神社もあれば、地元の国津神系の神社もあった。大和から移ってきた天照大神にしてみれば、伊勢志摩の地元の神社に囲まれて、さぞ居心地が悪いだろう。

外宮を参拝してから、内宮まで歩くことになった。

いくつかのルートがあるが、いずれも徒歩では一時間前後かかる道のりである。バスやタクシーを使うのが普通だが、十津川は伊勢の町を歩いて、距離感や雰囲気をつかみたかった。ここで及川伊世に行き当たることまでは望めなくても、何か発見がある予感がしたのである。

途中、古市《ふるいち》という町を通った。

文字通り、古びた小さな町である。太田黒が立ち止まって、十津川と亀井に教えてくれた。

「古市といえば、昔は有名な遊廓《ゆうかく》があったところだ。最盛期には遊廓が七十軒あり、遊女が千人もいたといわれている」

「お伊勢参りの男衆は、ここでいわゆる命の洗濯をしたわけですね。江戸の吉原《よしわら》は歌舞伎《かぶき》にもなっていますが、ここはそこまで有名ではないようですね」

「いや、ここで起きた事件も、歌舞伎になっているんだ。宇治浦田の医者が、古市の遊廓・油屋の女郎お紺《こん》となじみになった。ある夜、店に遊びに来ていた阿波《あわ》の藍玉《あいだま》商人と、お紺を巡って争いになり、医者が脇差《わきざ》しを振り回して、何人も死傷させてしまう。寛政八年五月四日に起きた、凄惨《せいさん》な事件でね。これを大坂角《かど》の芝居作者が、すぐに脚色して上演した。『伊勢音頭恋寝刃《いせおんどこいのねたば》』という芝居で、今も上演されている」

「先生は、歌舞伎にも、お詳しい」

「こう見えても、仁左衛門《にざえもん》と、玉三郎のファンでね。この芝居も見ている。この古市町の寺に、医者とお紺の墓があるはずだ」

そんな話をしているうちに、内宮が近づいてきた。

五十鈴川にかかる宇治橋を渡ると、そこはすでに神域である。橋を渡るというより、橋の両端の鳥居をくぐるという印象だった。

参道を進み、一の鳥居をくぐる。こちらの内宮では、ぞろぞろという感じは残しつつも、人々は神妙に玉砂利を踏み歩いている。

御手洗場《みたらしば》で手を洗い、二の鳥居をくぐって、先に進む。

内宮は、正確には皇大神宮《こうたい》である。天皇家の祖神、天照大神を祭る社ということになる。高天原《たかまがはら》の太陽神だ。

今日も参拝者が多く、正宮の階段下で、しばらく待たされた。

十分以上経《た》ってから、ようやく石段を登る。

十津川は、外宮に比して、はるかに厳《おごそ》かな気持で、手を合わせた。

天照大神は、内宮エリアの一番奥に鎮座する。

ここでも、多くの神社が、皇大神宮の社を囲むように並んでいた。

神たちが天照大神を守っているようにも見えるし、取り囲んでいるようにも見える。

神宮の参拝が済むと、十津川は、ほっとした。

参拝ではなく、捜査のために来た十津川でもそうなのだから、普通の参拝客なら、あとはおかげ横丁で楽しむだけという気分だろう。

江戸時代なら、近くの古市の遊廓に、千人の遊女が待っているのだから、内宮の参拝が終ったとたんに、気持ちは遊女の方に移ってしまうのではないか。

## 3

五十鈴川に沿って延びる「おはらい町通り」。それに交叉《こうさ》する形の「おかげ横丁」は、立ち並ぶ店の数が六十二。

参拝を終えた人々が、ぞろぞろと、おかげ横丁に入っていく。

六十二店の中で、一番有名なのは「赤福」だろう。宇治橋の袂《たもと》にある支店のほかに、本店と別の支店が、おかげ横丁にある。

おかげ横丁には、寿司《すし》屋、かき料理など食事処《どころ》があり、土産物店も並んでいる。珍しいところでは、山口誓子《やまぐちせいし》の俳句館や、囲碁の横丁棋院がある。

十津川たち三人が、通りを歩いていると、スピーカーから女の声が聞こえてきた。

皆さまに申し上げます。ここには、日本最高の神、天照大神が祭られています。天照大神は、その限りないお力で、今まで日本を守って下さっています。

今から約七百四十年前、日本国最大の国難である元寇《げんこう》が、二度にわたって襲来しました。その時、日本人すべてが、この伊勢神宮に祈り、天照大神の加護を祈ったのです。

その祈りに応《こた》えて、天照大神は、神意を示されました。二度とも強風が吹き、数多くの敵船が、海に沈んだのです。

昭和十七年十二月、太平洋戦争の最中には、昭和天皇が米英に対して、戦勝を祈念されました。

それに対して、祈念すべきは平和であって、戦勝を祈るとは何事か、と非難する団体が存在します。その声明文を読んで、私は、口惜《くや》しさに涙が出て止まりませんでした。

この団体は、天皇が戦勝を祈念したにもかかわらず、日本が敗北の道を辿《たど》ったのは、伊勢神宮に何の神力もない証拠ではないかと罵倒《ばとう》しています。

それが、私には許せない。

よく考えるがいい。天照大神の神力によって、戦争末期、若き神々たちが、次々に敵艦船に体当りをしていったのです。その数六千余り、これこそ真の神風が吹いた姿ではないのか。

この神風に米国は恐れおののいた。これ以上、日本と戦えば、神風が吹き続け、アメリカ側にどれだけの損害が出るか分からない。神風が、彼らの精神を破壊し始めたのです。

ところが、政治家や軍部の一部が保身に溺《おぼ》れ、敵に降伏してしまった。それが敗戦の真の原因なのです。そうした歴史の検証をすべきなのに、彼らは——

スピーカーから迸《ほとばし》る若い女の声は、止《や》むことなく響いている。

「カメさん、声の出どころを探せ！」

十津川が叫んだ。

十津川自身も、頭上に響く声を聞きながら駆け出した。

おかげ横丁全体に、いくつものスピーカーが配置されていた。町内の連絡に使われているのだろう。

スピーカーから流れる声を追っても、また次のスピーカーが現れる。叫ぶように話しつづける女の居所は、皆目つかめない。

太田黒は、備え付けの椅子《いす》に腰を下していた。眼をつぶって放送を聞いているばかりで、頼りにならない。

「左手の路地の奥だそうです！」

亀井が、走りながら叫ぶ。地元の誰かに、放送設備がある場所を聞いたのだろう。

ずらりと並んだ食事処や、土産物店の店員たちは、こんなことにも慣れているのか、全く動じていない。

十津川は、歯がみしながら、左に折れる路地に飛び込んで行った。

ただ事実を否定することしか知らぬ彼らは、自ら耳を欹《そばだ》てて、神の声を聞こうともせず――

と、女の声は続いている。

路地の、更にその奥を探す。

（見つけた！）

何かの事務所のような建物。

「神恩感謝

耳を澄ませて、神の声を聞け！」

と書かれた、巨大な幟《のぼり》がひるがえっている。

その旗竿《はたざお》の横で、マイクを握りしめて、叫び続けている若い女。

写真で見た、及川伊世の顔だ。

それでも一瞬、人違いかと思ったのは、神社で神に仕える巫女《みこ》の恰好《かっこう》をしていたからだった。

亀井も走り寄ってきて、小声で、

「どうします？」

「止めよう。殺人事件の容疑者だ」

言葉と一緒に、近づいてマイクを押さえた。

すると、女は、いきなり殴りかかってきた。

その隙《すき》に、亀井が、マイクのコードを引き抜いた。

「何するの！」

と、女が叫ぶ。

十津川は、警察手帳を示した。

「及川さんですね。阿佐谷のマンションで、殺人事件が起きた。あなたと小早川卓さんが二人で住んでいたマンションの部屋で、彼が殺されていたのです。ご存じですね」

「私は、関係ありません」

「だから、関係がない根拠を伺いたいのですよ。ともかく落着いて、話を聞かせてくれませんか」

と、十津川がいった。

及川伊世は、やっと落着き、二人の刑事を、事務所の奥へ案内した。

ほかに、人の姿はない。

小さな机をはさんで、向き合って座る。

「まず、昨日十月十日の、あなたの行動をおききしたい。この日、あなたはどうしていましたか？」

と、十津川がきく。

「私は、朝の五時前にマンションを出ました」

と、伊世が答える。

「どうして、そんなに早く家を出たんですか？」

「一刻も早く、この伊勢に来たかったのです。それに、小早川さんを起こしたくなかったから」

「確認しますが、あなたがマンションを出た時には、小早川さんは生きていて、まだ寝ていたんですね？」

「ええ。薄眼を開けて、私を見ていました。おそらく、私が出た後で、すぐに起きたんだとは思います」

「五時前にマンションを出てから、どうされたんですか？」

「阿佐ケ谷駅から、JR中央線と山手線を乗り継いで、品川に出ました。そして、六時ちょうど発の『のぞみ』に乗ったんです。その先は、京都から近鉄で、この伊勢神宮と、おかげ横丁に来たんです」

「なぜ、ここへ？」

「前々から、神宮と、おかげ横丁が大好きで、ここで働きたいと思っていたんです。それで観光協会に履歴書を送っていたのですが、ようやく広報のポストが空いたという知らせがきて、喜んで飛んで来たんです。ここは、小さな土産物店が建っていたところで、このように事務所に改造して下さったので、ここを拠点に、広報の仕事をやらせていただくことになりました」

伊世は、嬉《うれ》しそうにいう。

「今まで働いていた出版社に、どうして何も連絡していないのですか？」

「急な知らせだったものですから。でも、辞表を郵送しましたから、そろそろ届くはずです。マンションの荷物は、後で送ってもらうつもりでした」

「小早川さんは、伊勢に来ることに反対だったんですね？」

「彼は東京が好きだから、離れたがらないんです。だから、別れることになり、彼もそれを承知していました」

「先ほど、何かの団体を非難していましたが、どんな団体なんですか？」

亀井が、きいた。

伊世は、棚から一冊の雑誌を取り出して、十津川たちに見せた。

「日本再見」

というタイトルの雑誌だった。不定期刊ながら、すでに十年以上続いている雑誌らしい。

今月号の特集は、「日本の神々」となっていた。

十津川が目次を見ていくと、さまざまな神々が、槍玉《やりだま》にあげられている。その中に、十津川の目をひく項目があった。

伊勢神宮（天照大神）

日本国家存亡の秋《とき》、神風ひとつ起こせなかった。この無力さで、日本国の精神的支

柱となれるのか

「これに反撥《はんぱつ》したんですか?」

と、十津川が、伊世にきいた。

「ええ。私は、お伊勢さんが好きだし、このおかげ横丁が好きなんです。それを勝手に批判する連中は許せない」

「小早川さんにも、この雑誌を見せましたか?」

「ええ」

「それで、小早川さんは、どんな風に、いっていたんですか?」

「自分も頭には来るが、いろいろな意見があってもいいと。その時に、彼とは別れると決めました」

「あなたは、小早川さんを殺していない?」

「もちろんです。結婚していたわけではないし、別れることは、お互いに了解しているのに、そんな必要はないでしょう」

「それなら、小早川さんを殺すような人間に、心当りはありませんか?」

「ありません。彼は頑固ですが、表立って他人と争うのが嫌いだから、敵は作らないと思います」

亀井が、十津川に代わって、質問することにした。

「小早川さんとは、N大の先輩、後輩でしたね？」

「ええ」

「同棲《どうせい》を始めたきっかけは、小早川さんからの誘いですか？」

「突然、一緒に住まないかと誘われたんです。部屋代が助かるからって」

「ずいぶんと事務的な誘いですね」

「ええ。でも、逆にカラッとしていて面白いと思ったので、一緒に住むようになりました」

「あなたの伊世という名前は、伊勢にちなんでの命名ですかね？」

「父から、伊勢が好きだからだといわれたことがありますが、本当かどうか分かりません。伊勢神宮にも、おかげ横丁にも、父は連れてきてくれませんでしたから」

「なぜ、お父さんは、あなたを連れて、ここに来なかったんでしょうね？」

「私には分かりません」

三人で話していると、時々、おかげ横丁の人が顔を出した。

一様に伊世の演説を、「良かった」とか「胸がすっとした」といって、果物やケーキを置いていった。

十津川たちには異様に聞こえる演説だったが、地元の人々には、好意的に受け止められているらしい。十津川と亀井が、声の主を探して駆け回っている時、商店や食堂の店員たちが平然としていた理由が、ようやく飲み込めた。

「この雑誌社に、抗議をしに行ったことはあるんですか？」

と、十津川が、「日本再見」を指差しながら、きいた。

「抗議文を持って行ったことがあります。四谷の汚い雑居ビルです。返事はありませんでした」

と、伊世がいった。

初めて、笑っている。

「しばらくは、こちらにいるんですか？」

「ええ。この事務所にいます。奥で寝泊まりできますから」

「及川さん以外に、仕事のパートナーはいないんですか？」

「今のところはいません。ただ、一人では事務所を留守にできないので、アルバイトを募集しようと思っています。ちょうど今が観光シーズンですから」

「ところで――」

と、亀井が真剣な表情で切り出した。

「十月十日、新幹線で京都に来て、近鉄は何時の特急に乗りましたか？」

「賢島行きのビスタＥＸです。確か八時十分発。急げば間に合うことは調べてありましたから、そのために品川発の新幹線に乗ったんです」

「伊勢には、名古屋から来る方が早いのに、どうして京都から？」

「神宮でお祭りしているのは、天皇家の祖先である天照大神です。私にとっては、御所のある京都から来るのが正しいように思えます」

「そのビスタＥＸでも、殺人事件があったのは知っていますね」

「ええ。ニュースで見ました」

「同じ列車に、あなたも乗っていたんですよ。何も気がつきませんでしたか？」

「何も知りません」

「殺された中村信彦は、Ｎ大の准教授です。あなたもご存じでしたね？」

「歴史関係の出版社に勤めていましたから、面識はあります。でも、事件のことは何も存じません」

伊世の顔から表情が消えた。

何をきいても、伊世は返答しなくなった。

「何か思い出したことがあったら、すぐに私のスマホに連絡して下さい。どこかに出かける場合にも、必ずここに連絡を」

十津川は、伊世に名刺を渡すと、立ち上った。

すぐに三重県警に連絡して、伊世の動静を見張ってもらうつもりだった。

## 4

十津川は、今日は近くのビジネスホテルに泊るつもりでいた。

外に出ると、十津川は、おかげ横丁の騒ぎで、はぐれてしまった太田黒を探すことにした。

赤福の内宮前にある支店で、やっと太田黒をつかまえることができた。

「及川伊世の話は、どうだったかな？」

と、太田黒が、お茶を飲みながら、きく。

「歴史についての議論は、先生にお願いしたかったんですがね」

「どうも、ああいう議論好きの若い女性は苦手でね」

「先生は、及川伊世にお会いになったことがあるんですか？」

「私は、N大で講義したこともある。確かN大の関係者で、歴史研究会のようなものをやっているとも聞いたな」

十津川は、彼女から借りてきた「日本再見」を、太田黒に見せた。

「彼女はこの『日本再見』に抗議しているそうですが、先生のこの特集に対する評価をお聞きしたいですね」

「もともと、日本の神々というのは、現世利益《げんせりやく》が主な仕事なんだね。たとえば、第二次大戦を考えてみたまえ。ヨーロッパでは数千万人が死傷し、アジアでも、同じように多くの人が死んだ。日本でも、原爆二発だけで、一瞬にして二十万以上の人々が死んだ。ニーチェの『神は死んだ』という言葉を、改めて嚙《か》みしめることになったんだ。ところが日本では、そこをあいまいにしてしまう。日本人というのは、物事を突きつめていくのが苦手で、適当に妥協してしまうんだ。だから、日本の神々は死ぬこともなく、普通りの現世利益で復活した」

太田黒の教授口調が戻ってきた。十津川たちは、じっと拝聴する。

「ただ、一部には、正面から神というものを考え、太平洋戦争の時、神々は何をしたのか、何をしてくれたのかと、問い直す人々が現れた。広島と長崎に二発の原爆が落とされた時、日本の神々は何をしてくれたのか。ただ、手をこまぬいて、見ていただけではないのか。神に向かって、そういう批判が提起された。神に対しても、それを問い、答を求めるグループだね。彼らは、自分たちの主張を展開するための雑誌を出している。それが、この雑誌、『日本再見』なんだよ」

「及川伊世は、そのグループと対立しているわけですか？」

「そうらしいね」

「彼女の味方は、いるんですかね」

「今のところ、おかげ横丁の人々かな。ほかにもいるかもしれない」

と、太田黒はいった。

話の続きは、夕食の時に聞かせてもらうことになった。

太田黒も、宇治山田のビジネスホテルに泊る。

三人でチェックインしてから、十津川は、亀井を自分の部屋に呼んだ。事件自体に関する話は、太田黒の耳には入れられないからである。

「カメさんは、どうしてもっと及川伊世を追及しないのかと、不満に思っているんだろう？」

と、十津川がきいた。亀井は、うなずいて、

「何といっても、今のところ浮上してきた容疑者は、彼女だけですからね。しかも、

先ほど自分で認めたように、中村信彦と同じビスタEXに乗っていたんですよ」

と、いった。

「しかし、東京から、一番早く伊勢に行こうと思ったら、あの近鉄特急になる。偶然だったという可能性も否定しきれないんだ。それに、私が気になっているのは、猫なんだ」

「猫？」

「阿佐谷のLマンションで、午前六時前に新聞配達員が猫の鳴き声を聞きつけた。それが事件の発端だったね。そして、配達員の証言では、その時、一〇一号室のドアは施錠《せじょう》されていた」

「ボルトが嵌《はま》っているのが見えたと、いっていますね」

「ところが、八時になって、マンションの管理人と一緒に、部屋に行った時には、ドアの鍵《かぎ》は開いていた。これを、どう考えればいいかね？」

亀井は、少し間《ま》を置いてから答える。

「六時の時点では、小早川卓を殺した犯人は、部屋の中にいたんですね。そして、じっと息を殺していた。新聞配達員が立ち去ってから、犯人は急いでドアを開けて逃げ出した。猫は、洗面所に閉じ込められていたから、この時には出られなかった」

「そうなるね。でも、及川伊世が犯人だとすると、六時にまだマンションにいたのだから、品川発六時の『のぞみ』には乗れないんだ」

「ですが、ビスタEXに乗り込むには、もっとほかの方法もあるかもしれません」

「それはその通りだ。ただね、及川伊世が犯人なら、どうしてマンションの鍵をかけて行かなかったのだろう？　その方が、発見が遅れるはずだ」

「小早川殺しの犯人は、マンションの鍵を持っていなかったか、どこに鍵があるか知らなかったと？」

「その可能性はあるだろう。それに、動機が分からないんだよ。伊世が別れ話のもつれか何かで、小早川卓を殺したとすると、中村信彦を殺す動機が分からない。中村信彦に恨みがあったとすると、小早川を殺す理由が分からなくなるんだ。だから、今のところは、及川伊世から目を離さずにいるしかない。私は、そう考えている」

夕食は、ホテルの近くの郷土料理の店になった。太田黒を和田金に連れていくのは、しばらく難しそうな情勢なので、教えを乞《こ》う礼の意味もあった。

太田黒は酒豪である。有名な的矢かきには少し早かったが、豊富な海の幸を前に、地酒のグラスを早いピッチで空けていた。

十津川は、改めて伊勢神宮についての解説を頼んだ。太田黒の口調は、一層なめらかになっていた。

「さっきも話したように、伊勢志摩地方には、伊勢津彦神という国津神がいた。別名を出雲建子命といった。もちろん出雲系の神様で、伊勢志摩地方は、出雲王国に入っていたことが分かる。一方、大和国が、東に向かって勢力を伸ばしてきて、伊勢国、志摩国にぶつかった」

「神武天皇の命を受けた天日別命が、伊勢津彦に国譲りを持ちかけたが、伊勢津彦が拒絶した、という話でしたね」

と、十津川が思い出しながら、いった。太田黒は、うなずいて、

「天日別命は、それなら兵を使って、お前を殺すと脅した。驚いた伊勢津彦は、恐れて『わが国は全《すべ》て天孫に譲り、私はこの国から去ることにする』と答えた」

「出雲の国譲りと同じだとすれば、こちらでも、実際には平和的な国譲りはなかったということですね」

「戦争になったに違いないね。大和朝廷が勝ったことになっているが、苦戦し、長引いたはずだ。そこで、大和側は大きく譲歩せざるを得なかった。出雲大社という大きな神社を造ったように、伊勢志摩では、天照大神を祭る皇大神宮を建てたが、周囲に

建ち並ぶ地元の神社を壊すことはできなかった。だから、まるで皇大神宮が、地元の神社に包囲されている感じになってしまっている」

「さっきも伺いましたが、大和朝廷はどうしてわざわざ、祖神である天照大神を祭る神社を、他国の領土だった伊勢に移そうとしたんでしょうか？」

「二つ理由があったと、私は思っている。一つは、前にも話したように、大和朝廷の領土が、東は伊勢志摩に到達したことを示すためだ。もう一つは、祖神はもともと宮殿の中に祭っていたのだが、それが歴代の大君にとって、圧力に感じられたということだろう。そこで、宮殿から離れた場所に、神社を作ることにしたんだ」

今度は、亀井が、きいた。

「伊勢神宮の内宮と外宮は、ずいぶん離れていましたね。どうして、あんな具合に分かれているのでしょうか」

「最初は天照大神だけが、五十鈴川の上流に祭られていたといわれているな。第二十一代雄略天皇の時、天皇の夢に、天照大神が現われた。そして『ひとりでは寂しくて、食事も喉《のど》を通らない。丹波の国に〈とようけ〉という神がいるので、傍に呼んでくれ』と訴えた。驚いた雄略天皇は、急いで豊受大御神《とようけのおおみかみ》を呼び、近くの神社に祭った。これが外宮となり、天照大神を祭る方は、内宮と呼ばれるようになった」

「豊受大御神というのは、どんな神様ですか？」

「五穀豊穣《ほうじょう》の神といわれているな」

「それで、天照大神の食事を作る神ですか」

「そのために、外宮は内宮より下に見られがちだが、本来、同格と考えるのが妥当だろう。正式名称にしても、外宮は豊受大神宮、内宮は皇大神宮となる。神宮というのは、神社の中の最高位の名称なんだ」

「完全に同格なんですか？」

「そうだ。伊勢神道《しんとう》という言葉があるが、これは別名『外宮神道』と呼ばれている。外宮の祭神である豊受大御神は、至高の神といわれる天御中主神《あめのみなかぬしのかみ》の祖だと考える人もいるくらいだ」

すっかり感心した様子の亀井を見ながら、太田黒が微笑して、いう。

「ところで、豊受大御神は女性だということは知っているかね。ひとりで祭られていた天照大神は、寂しいから、豊受大御神を呼んでくれと告げている。ここから、何が分かるだろう？」

「つまり、天照大神は男性に違いないと？」

「もう疑問の余地はないと思うがね」

5

十津川も、日本酒のグラスを口に運んだ。

「そういえば、近鉄特急の中で、先生が問題を出したでしょう。神宮に参拝する時、高貴な人ほど困惑することになる。それはなぜかという謎《なぞ》ですよ。まだその答を、教えてもらっていませんよ」

「十津川警部も亀井刑事も、外宮、内宮の両方に参拝した。それでも、わからなかったのかな？」

十津川と亀井は、顔を見合せた。

「残念ながら、わかりませんでした」

「本当に？」

太田黒が、意地悪くきく。

「本当です。天照大神に対する畏敬《いけい》の念が足りないのでしょうか」

「足りないとはいわないが、平均的なんだろうね。では答をいおうか。天照大神は太陽神だ。中国の天帝は動かぬ星、北極星だが、日本の天皇の祖、天照大神は、光輝く太陽。しかも日本人は、沈みゆく夕陽を拝むのではなく、昇りゆく日の出を拝む」

「それは、分かります」

「内宮、すなわち皇大神宮は、太陽神である天照大神を祭っている。しかも、大和の東にあり、その先は海だ。その海から昇る太陽を拝むわけだから、東に向かって遥拝《ようはい》するだろう」

「日の出ではありませんが、私たちも、東に向かって拝礼しましたよ」

「ところが、天照大神の故郷は、九州の日向《ひゅうが》といわれている。日向に天孫降臨したんだ。だから日向は、天照大神が初めて降臨した聖地として知られている」

「わかりました」

と、十津川が、ニッコリした。

「伊勢神宮で、東に向かって拝礼すると、天照大神が降臨した聖地に、お尻《しり》を向けてしまうことになる。我々庶民は、それほど気にしないが、天孫族の血を引く高貴な方ほど、困ってしまうというわけです」

「その通り」

と、太田黒は肯《うなず》いた。

「もう一つ、付け加えると、伊勢神宮の周りには、つごう百二十五の神社があるね。

取り囲まれているといってもいい。しかも、天津神系の神社ばかりではなく、国津神系の神社も多い。そうなると、今度は西に向かって、はるか日向に遥拝したつもりでも、その先に国津神の神社があったら、そちらに遥拝することになってしまうんだ」

「それも困りますね」

「伊勢神宮は、不思議な場所だよ。厳かな神域の隣に、酒池肉林の歓楽街があった。だから、江戸時代の話で、道楽息子が、お伊勢参りに行って来ますと、堅い父親をだましたというのがある。もちろん、目当ては女遊びというわけだ。当時の本に載っているよ」

「一大歓楽街でもあったわけですね」

「明治、大正、昭和の伊勢神宮参拝客の統計表があるんだ。これが見ようによって、なかなか面白い」

太田黒はポケットからコピーを取り出して、二人に見せてくれた。

明治三十七年（日露戦争勃発《ぼっぱつ》）
　内宮六〇万人　外宮七〇万人
大正七年（第一次世界大戦終結）

内宮一五〇万人　外宮一八〇万人

昭和二十年（敗戦）

内宮七〇万人　外宮八五万人

「内宮と外宮の人数が、結構違うだろう」

と、太田黒がいった。

「しかも、内宮の方が少ないんですね」

「外宮に参拝した人が、全員、内宮に行ったら、同じ人数になるはずだね。その上、内宮だけに行く人がいれば、内宮の方が多くなる」

「どうして内宮の方が少ないのでしょうか」

「外宮と内宮の間に、古市の遊廓がある」

と、太田黒が笑う。

「なるほど。外宮にお参りして、次に内宮に行くつもりが、途中の古市の遊廓で足が止まってしまったのか。不敬にならないんですかね。それとも、人間の本性は変わらないと笑うべきか」

「もう一つ注目したいのは、敗戦の年にも、数は少ないが、お伊勢参りが生きていたことだ」

「昭和二十年といえば、八月十五日まで戦争をやっていて、翌十六日からは、全国民が虚脱状態だったわけでしょう。それなのに、少ないといっても、内宮に七十万人、外宮に八十五万人が来ているんですね。この数字は、何なんですかね」

亀井が笑っている。苦笑に近い。

太田黒も笑っているのだが、こちらは楽しげだった。

「この数字を詳しく分析すると、日本民族の本質が、わかるかも知れないな」

と、太田黒は、勝手なことをいった。

「明日、おかげ横丁を歩き廻って、先生のいう日本民族の本質に触れてみようと思います」

と、十津川が切り上げた。

そうはいったものの、彼が知りたいのは、日本民族の本質よりも、容疑者及川伊世の本心だった。

## 6

翌日は、朝から曇り空だった。夕方には雨になるという予報だったが、それでも、おかげ横丁は、朝から人出が多かった。赤福本店は、午前五時には、店を開けているのだという。

昨夜は、太田黒も一緒に、おかげ横丁を歩くといっていたのだが、朝になると、伊勢に散らばる百二十五の神社を見て廻りたいといって、姿を消してしまった。

太田黒には、無理をいって来てもらっているので、強制はできない。太田黒が苦手だといっていたように、及川伊世との対決を避けたのかもしれない。

十津川と亀井は、及川伊世の事務所へ行った。三重県警に、伊世の動静を見張ってくれるように頼んであるが、どこに刑事がいるのか分からなかった。

事務所の外壁に、昨日はなかった貼紙《はりがみ》が見えた。

アルバイト急募　一名

年齢性別不問　元気な方

時給千円　交通費支給

事務所の中を覗《のぞ》くと、伊世はノートパソコンに向かっていた。

「差し入れです。みたらし、黒蜜《くろみつ》、生醤油《きじょうゆ》、どれも自慢だというので、三種類とも買ってきました」

と、亀井が、近くで買った団子を机の上に並べた。

昨日、横丁の人たちが、果物やお菓子を差し入れに来たのを見て、それに倣《なら》ったのである。

「ありがとう」

と、伊世は軽く頭を下げてから、

「お茶、すぐいれます」

奥のキッチンから、茶道具を持ち出してきた。

十津川は、それを手伝いながら、いった。

「何を書いているんですか？」

「抗議文の原稿です。二百枚くらい印刷して、新聞社などに配ろうと思っているんです。伊勢神宮の名誉を守るのも、広報の仕事ですから」

「それで、アルバイト急募ですか」

「ひとりでは、大変なので」

「昨日の放送の反響はありましたか？」

「ええ。でも聞いてくれたのは、このおかげ横丁の皆さんと、たまたま来ていた観光客の人だけなんです。だから、文書を作って、配布しようと考えました」

「苦情は来ていませんか？」

と、十津川がきいた。

「本当は、『日本再見』の編集長にこちらに来てもらって、外宮、内宮と一緒に歩きながら、話をしたいのですが、ぜんぜん取りあってくれなくて。それで仕方なく、こういう形で戦うことになってしまったんです。地元の皆さんは応援してくれますので、私は、ここに住んで、あの雑誌と戦うつもりです。それに、もちろん天照大神が助けてくれると信じています」

「がんばれと励ましたいところですが、そうもいきません」

「わかっています。だから食べましょうよ。このお団子、おいしいから」

その時、太鼓の音が聞こえてきた。

「今日は、ここのお祭りでしたかね」

「おかげ横丁では、お客さんを楽しませようと、様々なお祭りをやっているんです。お祭り以外にも、大人のための紙芝居を上演したり、全国から大道芸の芸人さんを集めたり、いろいろやっています」

と、伊世がいう。

その間も、和太鼓は鳴り続けている。

「見に行ってみようか」

と、十津川が、亀井にいった。

「お茶、ごちそうさん」

と、亀井が声をかけて、二人は立ち上った。

おかげ横丁の中央広場には、いつの間にか、舞台が設《しつら》えられていた。

揃《そろ》いの派手な半纏《はんてん》姿の若者が二人、踊りながら、大太鼓を叩《たた》いている。

その太鼓の音につられてか、観光客が続々と広場に集まってきた。

舞台の上も、三味線や笛が加わって、賑《にぎ》やかになっている。

観客が沸いた。振り返ると、十津川も知っている若い男の芸人が、舞台に上がるところだった。

芸人がマイクを持って、

「皆さんご存じないでしょうけど、実は僕、この宇治山田の生まれです。今日は里帰りのついでに、お祭りの司会を頼まれました」

と、挨拶する。

とたんに、花火が一発、二発打ち上げられて、祭りが始まった。というより、お祭りさわぎが始まったのだ。

若い芸人の掛け声に合わせて、盆踊りのように、踊りが始まった。

観光客が、勝手に踊り始めたのだ。

神宮の参拝をすませた人々が、五十鈴川を渡って、おかげ横丁に向かってくる。

誰も彼も、厳粛な祈りの場から、お楽しみの、おかげ横丁に流れ込んでくるのだ。

おかげ横丁の空気は、でたらめなほど楽しい。

誰もがすぐ、踊りの輪に入っていく。

おかげ横丁が、普通の商店街と違うことに、十津川は気がついた。

普通の商店街とは、役目が違う。

厳かな神々の祭られた場所から、このおかげ横丁に入ったとたんに、人々の気分ががらりと変る。その役目を担《にな》っていることに、十津川は気付いた。

俗な言葉でいえば、命の洗濯の場なのだ。

昔は、それが遊廓だった。

その遊廓は、今は消えてしまったが、おかげ横丁が、その役目まで背負っているのではないのか。

六十二店の人たちは、意識してか無意識なのかわからないが、その務めを果たそうとしているのではないか。

そのように、十津川には見えてきたのだ。

相変らず、祭りの三味線、太鼓、笛の音が聞こえてくる。観光客の歓声も。

それらを背にして、十津川と亀井は、五十鈴川駅まで歩いて、近鉄に乗った。鳥羽署の捜査本部に顔を出して、情報交換をしようと考えたのである。

おかげ横丁から五十鈴川駅までは、徒歩で三十分近くかかり、五十鈴川から松尾に向かう電車は、一時間に二本ほどしかない。

「それほど交通の便がいい場所ではありませんね。その割に、こんなに賑わっているのが不思議です」

十津川の思いを代弁するように、亀井がいった。

鳥羽署の捜査本部で電話と机を借りて、十津川は、東京の捜査の様子を聞いた。

東京では、日下と北条早苗の両刑事が、捜査を進めている。

小早川殺しについては、特に大きな進展はなかったが、中村准教授の周辺で、新たな情報が入りつつあるという。

一つは、中村が「歴史の会2000」というグループを主宰していたということ。

今、日下がメンバーの名簿を手に入れようとしているらしい。

もう一つは、中村には、まだ結婚している時から、京都に愛人がいて、学会や取材にかこつけて、会っていたらしいという情報だった。

愛人の名前は、木村明子《きむらあきこ》。会社経営者だという。

「中村は、ビスタEXで殺される前の晩、この愛人のところに泊まっていたのではないでしょうか」

と、亀井がいうと、十津川もうなずいた。

「そう考えれば、中村が京都発の切符を持っていたことも、納得できるね」

「ところで、及川伊世のアリバイなんですが――」

と、亀井が、また推理を口にする。

「午前六時の時点で、阿佐谷のマンションにいたとすると、品川発六時ちょうどの『のぞみ』に乗ることはできない。それは当然です。しかし、名古屋回りがあります」

亀井は、十津川に時刻表を示した。

のぞみ二〇三号

東京　七・〇〇　↓　名古屋　八・四一
近鉄名古屋　八・五〇　↓　伊勢中川　九・五一
伊勢中川　九・五五　↓　賢島　一一・〇二

「この伊勢中川発九時五十五分の電車が、中村が殺されていた、あの近鉄特急なんです」

「阿佐谷から東京駅までは、快速で二十分強だ。朝の六時に阿佐谷のマンションにいても、ビスタEXに間に合うわけか。カメさん、お手柄だな」

と、十津川は、いった。そして、亀井の嬉しそうな顔を見ながら、続けた。

「こうなると、問題は動機だ。及川伊世は、話さないと決めたら、一切、口を開かなくなる。しかし、我々が動機をつかむことができれば、全てを明かしてくれる。私は、そんな気がするんだ」

十津川と亀井は、伊世の事務所に戻ることにした。

しかし、事務所に伊世の姿はなく、代わりに二十歳前に見える若い女性がいた。壁に貼られた求人広告は消えていたから、ほんのちょっとの間に、この娘をアルバイトとして採用したらしい。

「伊世さんは、お客さんの案内があって、出かけています。すぐに戻りますので、お待ちください」

と、その娘がいった。広報、と伊世はいっていたが、観光客相手の一種の案内所も兼ねているのだろう。

アルバイトの娘は、パソコンとプリンターを使って、先ほど伊世が書いていた抗議文を印刷していた。

それから、封筒の宛名《あてな》書きを始めた。

やはりパソコンの住所録に従って、きれいな字で宛名を書いている。二百通、発送するのだという。

十津川と亀井が、宛名書きを見守っているところに、伊世が戻ってきた。

少し驚いたように、十津川たちを見て、

「またいらしたんですね。太田黒先生は、ご一緒じゃないんですか？」

と、伊世が、きいた。

「先生は、伊勢志摩にある百二十五社を見てくるといって、出かけたきりですよ」

十津川が答える。

「百二十五社は、あちこちに分散しているから、回るのは大変ですよ」

と、伊世がいった。

少しずつ陽は落ちていく。

太田黒のことが、心配になってきた。

十津川は、太田黒の携帯にかけてみた。

呼出音は鳴るのだが、太田黒が出ない。一度切って、もう一度かける。

ようやく、太田黒が出た。

「十津川君か」

と、いう。声が小さい。

「先生、大丈夫ですか？」

「救急車を呼んでくれ」

「怪我《けが》ですか？　事故でも？」

「私じゃない。たまたま近くにいた女性が、急病だ。ちょうど救急車を呼ぼうとしたところなんだ」

「場所は、どこですか？」

「風宮《かぜのみや》を知ってるか？　外宮の近くにある百二十五社の一つだ。地元の人なら分かる」

「すぐに手配します」

十津川は、一一九番に電話して、事情を説明した。電話を切ってから、

「風宮、知ってますか？」

と、伊世にきいた。

「外宮の近くにある大きな神社ですよ。元寇の時、神官たちが異国降伏を祈ったことで有名です」

「それで、日本が勝ったわけですか？」

「二度目の元寇の時です。この風宮に集まった神官たちの祈りが通じて、カミカゼが吹いたんです。その功績で、この神社は、別宮に昇格しました」

社より宮のほうが格上だと、伊世が教えてくれた。

事務所に備え付けの地図を見ると、外宮を中心にして、いくつもの神社が並んでいる。

外宮の周辺に、十七社もの神社が点在しているのだ。

昨日、一緒に外宮を参拝した時、太田黒が、その辺の事情を説明してくれたのだが、一つ一つの神社の名前は忘れてしまっていた。

「われわれも、行ってみよう」

と、十津川は、亀井に声をかけた。

おかげ横丁から、少し広い道路に出てみたが、タクシーが拾える感じではない。

といって、ここから外宮まで歩くと、一時間かかってしまう。

立ち尽くしているところに、黒っぽい車が近づいてきた。

「十津川警部」

運転席から、控えめな声が聞こえた。

「乗ってください。三重県警の者です」

伊世の身辺を監視しているチームの車だった。

すでに、夕暮れである。

それでも、お祭りは続いている。広場は煌々《こうこう》と明るく、踊りは続き、時折、花火まで上がっていた。

その光景をあとに、外宮に向かってもらった。パトカーではないから、急行することはできない。

駐車場で車を降りて、昨日参拝した正宮、豊受大神宮を目指す。その手前を左に折れた先に、風宮があった。

林を背にした、小さな社である。こちらは、さすがに静かだった。そして暗い。

その薄暗さの中に、小さな灯が見えた。

目を凝らすと、パイプをくわえた太田黒の巨体が見えた。

「大丈夫ですか？」

と、十津川が、声をかける。

「救急車を呼んでくれて、ありがとう。今、女性は運ばれて行った」

と、太田黒がいった。

「何があったんです？」

「風宮に行ったら、同時に参拝していた女性がいてね。その女性が、突然倒れてしまったんだ」

「わかりました。これからどうしますか？」

「疲れたから、宇治山田のホテルに戻らないか」

十津川も同意し、三人は昨日と同じビジネスホテルに向かった。

一旦《いったん》別れて、それぞれの部屋に入り、十津川が東京に電話しようとした時だった。

スマホに着信があった。鳥羽署の捜査本部からだった。

十津川が出ると、相手は突然いった。

「風宮で、死体を発見したのは、十津川警部のお知り合いですか？」

「死体？」

「ええ。到着時死亡です。他殺の疑いがありますので、発見者から事情を伺いたいのです」

「捜査に協力してもらっている大学の先生です。何があったのでしょうか？」

十津川の問いに、相手は少しためらってから答えた。

「青酸系の毒物を飲んだ可能性があります。自殺、他殺、両面での捜査が必要です」

「青酸系というと、中村准教授の時と同じですね。死者の身元は？」

「所持していた運転免許証から、京都市東山区に住む木村明子、三十五歳と分かりました」

それを聞いて、十津川は絶句した。

中村の愛人と同じ名前である。住所が京都というのも同じだ。

相手に、そのことを伝えると、電話の向こうも絶句していた。東京からの情報は、捜査本部の上層部には報告してあったが、まだ周知されてはいなかったのだろう。

太田黒を鳥羽署に出頭させると約束して、十津川は電話を切った。

それから、亀井を呼んで、

「事件が、広がりそうな予感がする」

と告げた。

この日、中国の湖北省武漢市で、最初の原因不明のウイルス性肺炎が発生していた。

# 第三章　辻《つじ》説法の女

## 1

十津川は、亀井を伊勢に残して、いったん東京に戻った。

一連の事件は、阿佐谷のマンションで起きた殺人事件から始まっている。

十津川たちが伊勢に行っている間も、日下や北条早苗たちが、殺された小早川卓の周辺を調べていた。

同じ十月十日に、近鉄特急ビスタＥＸの車内で殺されたＮ大准《じゅん》教授、中村信彦は、

「歴史の会２０００」というグループを主宰していたことがわかってきた。

会員は、中村自身を入れて、二十人余り。日下が入手した名簿によると、会員の中には、Ｎ大の卒業生でもある小早川卓と及川伊世もいた。

この事実によって、一躍、このグループの存在が捜査の焦点になってきた。

中村がメインキャスターを務める、Ａテレビの番組「日本の歴史に異議あり」の台本を作る際にも、この「歴史の会２０００」が協力しているという。

次回の「日本の歴史に異議あり」は、「伊勢神宮に異議あり」を放映する予定だった。しかし、中村の死によって、急遽《きゅうきょ》、番組は差し替えが決まった。

Ａテレビに聞くと、まだ台本はできていなかったという。

「この番組は、生放送の討論会形式になっていますが、台本があるんですか？」

十津川が、Ａテレビのプロデューサーに尋ねた。

「いちおう自由な討論が売りですが、民放特有の制約がありますからね。コマーシャルとか、スポンサー関係とか。だから、全体の構成台本はあって、その枠内で、皆さんに自由に議論していただきます」

それでも、テーマの選び方や構成には、かなり中村准教授の意見が反映されていたという。中村の戦闘的な進行が、番組の人気と視聴率につながっていたから、それも当然かもしれない。

「その台本には、中村准教授だけでなく、『歴史の会2000』の意見も入っていたと聞いたのですが、本当ですか？」

と、十津川は、きいた。

「次回の『伊勢神宮に異議あり』の準備のため、『歴史の会2000』で、いつものように会員に意見を求めたところ、激しい口論があったようです」

「どんな口論ですか？」

「いつも次回の番組の方針を、中村准教授が説明し、それに対して、会員が意見を述べ合うそうです。それによって、先生が番組でどう振る舞うかを決めていました」

「いわば番組のシミュレーションをしていた、ということですか」

「そうかもしれません。ただ、普段は、中村准教授の考えに対して、反対意見はほとんど出ないそうです。ところが、『伊勢神宮に異議あり』では、ある会員が、中村准教授の考えに強硬に反対して、一歩も引かず、激論になったと聞いています」

と、プロデューサーはいったが、具体的に、どのような激論だったのか、そこまでは知らないと述べた。

「歴史の会2000」の会員には、日下や三田村《みたむら》、北条が手分けして当たっている。

詳しい話は、そこで出てくるだろうと踏んで、十津川は、プロデューサーに別の質問をした。

「ところで、中村准教授には、京都に愛人がいたそうですね。離婚する前から、学会や取材で出張する時には、いつも一日早く行って、その愛人と夜を過ごしていた。今回も、十月十日に伊勢に行く前日は、京都に泊まる——そんな話を、していたんじゃありませんか？」

「ええ、実は……。最近はそれが当たり前になっていました。特に今回は、先生の方から、朝早くから伊勢に行くので、前日は京都に泊まるといわれていました。泊まり先は、いつものところだと」

と、プロデューサーは観念したように、いった。

「その愛人、木村明子さんは、昨日、伊勢神宮で亡《な》くなりました」

十津川は、プロデューサーに、そう告げた。

## 2

その夜である。「歴史の会2000」の会員への聞き込みに回っていた刑事たちが、警視庁に集まった。

彼らが持ち帰った情報によって、伊勢神宮を巡る、「歴史の会2000」内部の紛糾が、かなり分かってきた。

「ひょっとすると、この内紛が、今回の事件に発展したのかもしれません」

と、日下がいった。

「君たちも同意見か？」

十津川は、北条早苗と三田村の二人を見た。

「私たちの調べでも、中村准教授は相当、参っていたそうです」

と、北条早苗がいい、三田村は、

「ある会員は、番組をうまくやるために、反対の会員を何とかして説得しなければ、といっていたそうです。その説得の材料を見つけるために、中村准教授は、伊勢に向かったとも考えられます」

「しかし、中村信彦が、『歴史の会2000』の主宰者なんだろう。一人の会員に反対されたからといって、そんなに参ることはないんじゃないのか？」

と、十津川が、きいた。

「会員といっても、歴史については、それぞれ一家言あるようで、おいそれと持論を曲げるようなことはしないそうです。下手をすれば、マスコミに抗議文を送られたり、SNSで攻撃されるかもしれません。それに、中村個人としても、清廉潔白《せいれんけっぱく》というわけじゃありませんからね」

「愛人の存在を、マスコミにバラされたりしたら、番組も続けられなくなるでしょうから」

日下と北条が、口々にいった。

十津川の脳裏に、「日本再見」への抗議文を書く、及川伊世の姿が浮かんだ。

「その反対意見を唱えた会員というのは、及川伊世じゃないのか？」

「まさに、そうなんです。彼女が、大声で反対意見を叫んで、会合の空気をぶちこわしたというのです」

と、早苗がいう。

「それにしても、会員が彼の教え子たちなら、一人が反対意見をいっても、ほかの会員が諌《いさ》めてくれそうなものだが」

「ところが、その反対ぶりが、尋常じゃなかったそうなんです」

と、日下がいい、十津川に説明を始めた。

中村准教授の伊勢神宮観は、次のようなものだった。

伊勢神宮には、二つの顔がある。

一つは、日本の最高神アマテラス、天皇家の祖神を祭る神社という顔である。

もう一つは、遊興が許される場という顔である。昔から伊勢神宮の近くには、遊廓《ゆうかく》があった。「お伊勢参り」には、遊びに行くという意味もあった。

伊勢神宮には、その二面性があるが、ともかく、かつては国家安泰を祈る国家神道《しんとう》の神社だった。

しかし、国家を救うのは、国力であって、神ではないことがはっきりした。キリスト教国にあっても、第二次大戦中、何千万もの死傷者が出たことから、それは世界的に共通認識になっている。

したがって、伊勢神宮も、昔のように国家安泰を祈る場ではなく、個人の信仰、個人の癒《い》やしを支える場になっていくのではないか。

そして、お伊勢参りは、完全な娯楽になる。それどころか、もともとそうであった、というのが、中村准教授の考えだった。

この見方で、次回の「伊勢神宮に異議あり」を進めていくつもりだと、会員に話したという。

いつもなら、会員たちはそれで納得してしまうのだが、その日は、及川伊世が突然、大声で反対した。しかも、その反対の仕方が変わっていたため、会員たちを慌《あわ》てさせたのだ。

彼女が、いった。

「まもなく、大きな災いが、日本を襲う。それは中国大陸からやってくるが、あの元《げん》寇《こう》の二倍、三倍、いや、十倍、百倍もの圧倒的な力で、襲いかかってくる。誰もそれを防ぐことはできず、何万人もが死んでいくだろう。

唯一《ゆいいつ》、この国難を救えるのは、伊勢神宮である。あの元寇があった時、民衆の祈りを受けて、襲来した元の大軍を海に沈め、日本を守ったのは、伊勢神宮の大神である。

それ以上の大災害が襲いかかってくるというのに、天照大神への批判を口にするとは、なにごとか。

私は、明日にも、伊勢神宮へ行き、必ず襲いかかってくる大災害に対する守護を、改めてお願いするつもりである。

中村先生も、伊勢神宮への信仰に目覚めていただきたい。

さもなければ、大神の怒りに触れるばかりか、大災害を防ぐことができなくなる。

今からよく考えて下さい」

これが、及川伊世の叫びだった。

日下の説明は、十津川には、飲み込みやすいものだった。

前半の中村准教授の伊勢神宮観は、かなりの部分、太田黒と共通している。

そして、及川伊世の話は、おかげ横丁で彼女が流していた演説と重なっていた。

「それで、会の空気は、どうなった？」

と、十津川が、きいた。

これには、北条早苗が答える。

「この会合に参加した複数の会員から聞いたんですが、突然の及川伊世の言葉に、最初は、あっけにとられていたのが、途中から彼女の言葉が、まるで祝詞《のりと》のように聞こえてきたというのです」

「しかし、彼女は神社の巫女《みこ》じゃない。それなのに、祝詞のように聞こえた？　大声で反対しているだけなのに？」

「何人も、そう証言しています。そのために、つい聞き入ってしまったというのです」

「及川伊世は、何を根拠に、元寇の何倍もの大災害がやってくるというのだろう？」

「それは、分かりません。以前から、元寇の話をしていたわけではないようです」

「小早川卓も、この会の会員だったね。及川伊世の叫びに対する彼の反応は？」

「私も、それを知りたかったので、会員たちに、同じ質問をぶつけました。しかし、小早川卓の反応に注目していた会員はいないのです」

「中村准教授の反応は？」

「彼は溜息《ためいき》をついて、『仕事の邪魔をされては困るよ』と、いったそうです。次回の番組のタイトルは『伊勢神宮に異議あり』で、当然、伊勢神宮に対して批判的な構成になる。それを、君がいうように、天照大神に祈るような構成には変えられない。無理なことをいうなと、及川伊世を諭したというのです。近々、番組の準備のために、伊勢に取材に行くので、邪魔だけはしないでくれと、そんなこともいっていたそうです」

「それに対して、及川伊世は？」

「私も、私の信念に従って、伊勢神宮に行き、行動する。そのように、いったそうです」

「まるで宣戦布告だな。それで、会合は、どんな具合に終ったんだ？」

と、十津川は、きいた。

それには、三田村刑事が答えた。

「結局、気まずい空気のまま、終ってしまったそうです。中村准教授の方は、番組の妨害でもされると困る、と考えたのでしょう。若い会員たちを、会のあと、カフェに誘ったそうです。そこで、及川伊世を何とか説得しようと思ったんでしょうね。しかし、及川伊世の方は、『明日、早いので』といって、さっさと帰ってしまったそうです。仕方なく、中村准教授は、他の会員四人と、コーヒーを飲んだのですが、終止、不機嫌だったそうです」

「小早川卓は、カフェに行ったのかな?」

「はい。中村准教授が小早川に、小声で何か頼んでいるみたいだったと、ほかの三人がいっています。実際に、解散したあとできいてみると、ちょっと頼まれたことがあるんだと、小早川が困り顔だったといいます。小早川も、中村准教授も死んでしまった今となっては、頼まれごとの内容までは分かりません」

3

十津川は、ここまでの報告を、頭の中で整理してみた。

中村准教授は、いつも番組の前に、会員たちを集めて、次回のテーマについての自分の考えを説明し、若い会員の反応を見ることにしていた。

視聴者の反応を予測する上で、悪い試みではないだろう。

自分が主宰するグループ、それも、会員の多くがN大の教え子たちだったから、歴史についての考え方も、ある程度、一致していたのだろう。これまでは、彼の説明や考えに反対する者はいなかった。

中村の伊勢神宮に対する考えも、ことさら奇妙なものではない。

国民が伊勢神宮に望むのは、昔のような国家安泰といった大きなものではなく、清々《すがすが》しさや神々《こうごう》しい雰囲気である。

戦いよりも安らかさで、多くの人々が、楽しさを求めて、おかげ横丁にやってくる。伊勢神宮自体が楽しい旅行地になっている、というもので、別に過激な考えとも思えない。

だが、今回、中村は、思わぬ反撃に遭った。

それが、同席した会員たちが、「まるで祝詞みたいだった」と表現する、及川伊世の反論だった。

予想しなかったことで、中村准教授は慌てたに違いない。

下手をすると、及川伊世が番組を引っかき廻す恐れが出て来たのだ。少なくとも、中村准教授は、そう考えたのだろう。

だから、会のあとで、カフェに及川伊世も誘った。中村としては、及川伊世に、番組の邪魔をしないでくれと釘《くぎ》を刺すつもりだったのだろうが、彼女は、さっさと帰ってしまった。

そのあと、中村が何を考えたのかを、十津川は知りたかった。

それと、中村が小早川に密《ひそ》かに頼んだ内容が知りたかった。

しかし、今となっては、二人とも、この世の人ではない。残っているのは、及川伊世だけである。

十津川は、伊勢に残してきた亀井に電話した。

「今日、及川伊世は、何をしていた？」

と、十津川が、きくと、

「辻説法を始めています」

という答が返ってきた。

「辻説法？」

と、十津川が聞き返した。まったく思いがけない返答だった。すぐには、その形が想像できない。

「大きな幟《のぼり》に、『第二の元寇が来る。直ちに身を清め、天照大神に国家安泰を祈願しよう』と書いて、おかげ横丁の街角で、辻説法をしているんです」

「第二の元寇、といっても、鎌倉《かまくら》時代の二回目の襲来のことではないのだろうな。これから、新たな元寇が来ると、辻説法をしているのかね」

「しかも、それがまるで祝詞みたいで、皆さん、聞き入っています」

「祝詞みたいというのは、どんな調子なんだ？」

「難しい言葉も出てくるんですが、全く淀《よど》みなく、唄《うた》うように話すんです。神さまのお告げのようだ、という感想も聞こえてきました」

「おかげ横丁の中だけでやっているのか？」

「それが、内宮の近くまで行って、参拝者の前でやったので、さすがに伊勢神宮の方から叱《しか》られたそうです」

「彼女に会って、話を聞いたのか？」

「もちろんです。第二の元寇が来るというが、どうしてそんなことがいえるのかと」

「そうしたら、彼女は、どう答えたんだ？」

「天の声だ、といいました。勝手にそう思っているだけなんでしょう。ただ、お客さんたちは、結構楽しんでいますよ」

と、亀井はいう。

十津川は、電話を切った。それだけのことかと思う一方で、妙に気になった。

十津川は、日下たちに、

「今、何か心配事はあるか？　個人的なことではなく、何か大きなことで」

と、きいてみた。

「地震です。東南海大地震は必ず来ると分かっていますから」

と、三人が、口を揃《そろ》えた。

今度は、中央新聞の記者をやっている、友人の田島《たじま》に電話をしてみた。

「今、何か国際問題になってることはないか？」

「もう少し具体的にいってくれないと、答えようがないよ」

「あの元寇のような大災害が、日本に襲いかかってくる徴候は見えないか？」

「元寇ねえ。元は、今でいえば中国とモンゴルだが、爆買いをする中国人観光団は、日本にとって、むしろ恩恵だね」

「思いつかないか？」

「そういえば、中国の武漢市で、ウイルス性肺炎患者が出たという情報がある。新型のウイルスによる肺炎患者らしいんだ」

「大きな事態になりそうかね？」

「患者が増えれば、武漢市は、町を封鎖するかもしれない。患者を閉じ込めて、町の外に出ないようにするんだ。このウイルスは、感染力が強いらしい」

「閉じ込めてくれれば、安心だな。ほかに、国難級の大災害が、襲来することはなさそうか？」

「考えられるとすれば、東京オリンピック関連だけだよ。テロとかね。ただ、今のところ、具体的な徴候があるわけじゃない」

と、田島は、いった。

4

翌日、十津川は、阿佐谷に向かった。小早川卓と及川伊世が住んでいたマンションを、もう一度、調べるためだった。

2DKのマンションである。もともと、さほど広くはないが、それにしても、物が少ない。最小限の家財しかない、という印象だった。

小早川のノートパソコンやスマホは、見つかっていなかった。及川伊世のパソコンなどは、彼女が伊勢へ持っていってしまったのだろう。

しかし、二人とも出版社勤務で、中村の主宰する歴史の会に入っていただけあって、本棚には、歴史関係の本が多かった。

十津川は、その中から「伊勢神宮と元寇」という本を抜き出した。

その場で、ざっと読んでみることにした。伊世の辻説法と関連しているのではないか、と考えたからである。

元寇があったのは、鎌倉時代である。

元のフビライ（忽必烈）は、日本の入貢を求めたが、鎌倉幕府の拒否に遭ったため、一二七四年（文永十一年）と一二八一年（弘安《こうあん》四年）の二度にわたって、対馬《つしま》、壱岐《いき》を侵し、博多に迫っている。

文永、弘安の役である。

当時は、「異国合戦」とか「蒙古襲来《もうこ》」と呼ばれていた。元寇という言葉は、幕末になって、攘夷《じょうい》の気運が高まった時に、国防意識を高めるために使われるようになったという。

さかのぼると、一二六六年（文永三年）以降、フビライは、たびたび使いを派遣して、日本の入貢を要求した。鎌倉幕府がこれを無視したことに怒り、一二七四年、元・高麗《こうらい》の連合軍三万数千で、対馬、壱岐を占領し、十月二十日未明、博多に上陸した。

毒矢や鉄砲（炸裂弾《さくれつだん》）などの武器と集団戦法に、日本軍は苦戦したが、同日夜半の暴風によって、多くの元の船が被害を受け、高麗に退却することになった。これが文永の役で、第一次蒙古襲来である。

一二七五年には、逆に鎌倉幕府が高麗出兵計画を立て、九州の武士を動員した。「異国征伐」である。湾岸に石築地《いしついじ》を構築するなどしたが、一二八一年に、再び元軍が襲来する。

南宋《なんそう》を亡ぼしたフビライは、モンゴル、朝鮮の連合軍四万と、江南軍（中国軍）十万という、文永の時とは比べものにならぬ大軍だった。

一二八一年五月に、高麗の合浦《ハッポ》を出航した九〇〇艘《そう》の東路軍は、再び対馬、壱岐を占領した。三〇〇艘を長門《ながと》に向かわせ、主力は六月六日、博多湾に到着した。

ここで日本軍と交戦。激しい抵抗にあって上陸を断念して、壱岐に退いている。

さらに、江南軍の三五〇〇艘の大船団が、予定より二週間おくれて、慶元を出発した。七月二十七日に伊万里《いまり》湾の鷹島《たかしま》に移動したが、七月三十日夜半から翌日にかけて、台風が接近した。海上の元軍は、大打撃を受け、高麗に撤退した。

これが弘安の役、第二次蒙古襲来である。

このあと、幕府は、再び高麗出兵を計画している。これにより、戦争状態は継続されることになった。

幕府は、朝廷の許可をとって、全国の武士集団を動員し、防塁《ぼうるい》造りを進めることができた。この武士集団の中には、「悪党」と呼ばれる地方のボスたちもいたという。戦争を理由にして、鎌倉幕府は、あらゆる力を動員できることになったのである。

いつの時代も、権力者は、戦争という危機を利用して、自分の力を強めていくということだろう。

結局、幕府が実際に、高麗出兵を決行した形跡は、全くない。

一方、フビライは、その後、北は樺太《からふと》（サハリン）、南は琉球《りゅうきゅう》（沖縄）を狙《ねら》っているが、とうとう本土への侵攻は実現しなかった。

そこで、「伊勢神宮と元寇」である。

二度にわたる元軍の侵攻に対して、幕府は、武力のみならず、全《すべ》ての力を使って対抗した。

全国の寺社勢力に対しては、異国降伏祈禱《きとう》を命じている。もちろん、その中に、伊勢神宮も入っていた。

それに対して、伊勢神宮は、どう応《こた》えたか。

一二八七年（弘安十年）、第二次蒙古襲来の六年後に、記録が残されている。この年に記された「大神宮参詣記《さんけいき》」によれば、「蒙古襲来」に震撼《しんかん》した幕府は、全国の寺社に「蒙古降伏」の祈禱を命じた。

第一次蒙古襲来の時、伊勢神宮には、仏教の僧侶《そうりょ》たちのために、専用の僧尼遥拝所《そうにようはいじょ》が設けられていた。

これがどういうことかというと、つまり、僧侶に対して、神前での読経《どきょう》を許可しなかったのだ。仏教と習合することを避けて、僧侶には別の場所で祈禱させたのである。

そのため、伊勢神宮は、神職十二名だけで祈禱している。内宮と、外宮の風宮で、祈禱は行われた。

そして、両宮が鳴動し、社殿から紅の雲が発生した。周囲の大木や岩が、西に向かって飛んで行き、これが元の船団を沈めたというのだ。

翌年、朝廷は異国降伏のために、伊勢神宮の中に、「法楽舎」という僧侶のための祈禱所を設けた。

このため、第二次蒙古襲来に際しては、伊勢神宮では、神仏が力を合わせて、元の軍勢に対抗することになった。

この時、法楽舎には、実に二百二十二人の僧侶が駐在していたという。

一二八一年、第二次蒙古襲来の時には、僧侶たちが奇蹟《きせき》を起こす。法楽舎にいた蓮華寺《れんげ》の僧、通海《つうかい》法師が、内宮で祈禱していると、突然、北西の風が吹き荒れ、海上が鳴動した。稲妻が走り、九州に来襲した蒙古の軍船は、ことごとく沈没したといわれる。この内宮の宮は、外宮の風宮に対して、風日祈宮《かざひのみのみや》と呼ばれる。

第一次蒙古襲来では、十二人の神職の祈禱が、神風を起こして蒙古を追い払い、第二次蒙古襲来では、蓮華寺の通海法師が神風を起こしたことになる。

すなわち、神仏力を合わせて、蒙古を追い払ったのだ。

ところが、伊勢神宮では、いつも神仏一致とは、なかなかいかないのだ。

かつて伊勢神宮を訪れた西行法師は、なんと境内に入ることを許されなかった。

「日本書紀」の用明天皇の紀に、「天皇、仏法を信《う》けたまい神道を尊び給《たま》う」とある。

つまり、この時すでに、天皇も、仏教を受け入れているのだ。

聖徳太子《しょうとくたいし》は仏教に帰依《きえ》していたし、仏教を国教と定めた時代もある。

一神教の国のように、他の宗教を認めないという国民性ではなかった。むしろ、よくいわれるのが、神道と仏教の両方が、一般庶民の生活に、仲よく同居している不思議さである。

正月に明治神宮に参詣するかと思えば、葬式は仏式にして、少しも違和感を覚えない。

上は朝廷から、下は庶民まで、そのことを不思議と考えなかった。考えてみれば、不思議な国民である。

神道と仏教は違う。当然である。それなのに、上から下まで、その両方を受け入れる、そのため、奇妙なストーリーが作られることになる。

その最たるものが、神道の最高神アマテラスが、仏教の大日如来《だいにちにょらい》と同一だというストーリーだろう。どう考えても、同一とは思えないのだが、それが受け入れられてしまう。源義経《よしつね》が、ジンギスカンになったという話に近いかもしれない。

こうした柔軟性というか、でたらめさがあったから、大規模な宗教戦争を生まなかったという面もあるのだろう。

だから元寇では、神道の神職が、仏教の僧侶と一緒になって、国難に立ち向かうことにもなっている。

このような歴史と実績があるにもかかわらず、である。

なぜか伊勢神宮の神職たちは、仏教の僧侶の受け入れに冷淡で、厳しく拒絶するのである。

先ほどの西行は、その好例である。西行は、しばしば伊勢に旅行し、伊勢神宮を訪ねている。

「何事のおわしますかは知らねども――」

と、西行は、伊勢神宮に参拝した時の気持ちを詠《よ》んでいる。この和歌は、伊勢神宮に近づくと、その神々しい空気を感じたという崇拝の念を詠んだといわれているが、西行は、この時、境内に入るのを拒否され、遠い遥拝所からしか参拝できなかった。

そんな状態で、西行が、伊勢神宮を有難がるとは思えないから、「誰を祭っているかも分からないじゃないか」と、皮肉をいっているとも取れるのだ。

すでに和歌の作者としても有名だったが、それでも伊勢神宮では、境内に入れてもらえなかった。

西行は、こういって、悲しんでいる。

「仏教は、世の人々を分け隔てることなく救済するのに、どうして伊勢の神様は、墨染（僧侶）を嫌うのでしょうか」と。

やむなく遠くの遥拝所から、読経しながら参拝し、そして眠った西行の夢に、天照大神が現れた。

「わたしは、この日本中をあまねく照らす光です。したがって、わたしは、伊勢神宮の内と外を、区別したりはしません。自由に入って拝んで下さい」

そう告げた、というのである。

この夢について、西行は、

「天照らす月の光は神垣や

引くしめ縄の内と外もなし」

と、和歌に詠んでいる。

なぜ、伊勢神宮の神職たちは、これほどまでに僧侶を嫌うのだろうか。

神道の天照大神が、仏教の大日如来と同一であるとされた、そのことがかえってよくなかったのかもしれない。

神仏習合、神仏混淆《こんこう》の時代にあっても、伊勢神宮だけは別だった。周辺にある寺の僧侶たちでも、伊勢神宮の境内に入ることは許されなかったのである。

「伊勢神宮と元寇」には、このようなことが書かれていた。

本棚には、ほかにも、伊勢神宮について、十津川の知らなかったことを書いた本があった。

たとえば、このような——。

伊勢神宮で最大のイベントは、二十年ごとの遷宮《せんぐう》である。

この盛大な行事は、昔から永々と行われてきたように思われているが、実は、長い戦乱によって、この遷宮が行われなかった時代があった。

その最大のものが、南北朝の争いである。この争いによって、約百二十年もの間、遷宮が行われなかったのだ。

足利尊氏《あしかがたかうじ》が、京都に光明《こうみょう》天皇を擁立したのが北朝。奈良吉野《よしの》を拠点として、後醍醐《ごだいご》天皇が樹立したのが南朝である。

戦場となったのは、京都、吉野だが、これは皇統の争いでもある。

当然、天皇家の祖神である天照大神を祭る伊勢神宮も、この争いに巻き込まれることになった。

しかも、内宮の神主である荒木田氏《あらきだうじ》は北朝につき、外宮の度会《わたらい》神主は南朝についた。

当然、戦火は、伊勢にも及んでくる。

内宮と外宮の神主が争っただけではない。

南朝方についた度会神主、これに仕えたのが、「神皇正統記《じんのうしょうとうき》」で名を残す北畠親房《きたばたけちかふさ》だった。彼が南朝の正統性を示し、これが後に「太平記」につながり、水戸《みと》藩の「大日本史」になっていく。

この北畠家は、のちに上洛《じょうらく》してきた織田信長《のぶなが》と、伊勢を舞台に戦い、敗北する。

南北朝の戦いは、京都を焼野原にしたが、北畠と織田信長の争いも、信長の攻撃のすさまじさで、伊勢の町が荒廃したといわれる。

南北朝の争いが収まってのちも、伊勢神宮の神官、神職たちは、みずから政争と戦争に明け暮れたために、疲れ切って復興の力になれるはずもない。

室町幕府と朝廷も同様である。

そんな時、伊勢神宮の復興の力になったのは、皮肉なことに、神職たちから嫌われていた僧侶たちだった。

そもそも伊勢神宮は、僧侶たちを境内に入れなかったどころか、最初は一般の人々も入れなかったのである。そんな神職たちに、金を集める力がないのは当然だった。

その点、僧侶は、檀家《だんか》から金を集める力を持っていた。

たとえば、伊勢神宮の入り口にかかる宇治橋が壊れたままになっていたのを、架け替えたのも僧侶たちだった。僧侶たちは、日本全国を廻って、お布施《ふせ》を集め、それで宇治橋を架け替えた。

しかし、この期《ご》に及んでも、僧侶嫌いの神職たちは、この宇治橋を使うのを嫌って、わざわざ五十鈴川を歩いて渡っていたという。

そんな神職たちに、百年以上、途絶えていた遷宮を復活させる力はなかった。ここでもまた、僧侶たちが力を尽くしたのである。

仏塔や仏像の造立《ぞうりゅう》のために、人々から米や銭の寄付を集める仏教の一派に、勧進聖《かんじんひじり》というグループがある。全国を遍歴しながら、寄付を集めるのだ。

この勧進聖たちが集まって、慶光院《けいこういん》という寺が作られ、その尽力によって、約百二十年ぶりに、式年遷宮が復活したのであった。

こうしたさまざまな伊勢神宮がらみの歴史が、事件にどのように関わっているのか。「歴史の会２０００」における、中村准教授と及川伊世の対立が、いかなる動機を胚《はい》胎《たい》させたのか。

それは、まだ十津川にも見通せない。しかし、伊勢神宮を巡る歴史が事件の根底にあるという確信は、さらに強まっていた。

「伊勢へ戻ろう」

と、十津川は決めた。

5

日下、三田村、北条早苗に、捜査方針を指示してから、十津川は、伊勢へ向かうことにした。

「歴史の会2000」の会合から、小早川と中村が殺された日に至るまでの間、及川伊世を含めた関係者たちが、どのような行動を取っていたか。それを徹底的に洗うように、十津川は、日下たちに指示した。

今回は、東京発七時ちょうどの「のぞみ」に乗り、名古屋から近鉄に乗ることにした。

亀井刑事がいっていたルートで、本当に京都発八時十分のビスタEXに乗り込めるかどうか、確認するためである。

伊勢中川駅での乗り換えは、少し慌ただしかったが、確かに京都から来たビスタEXに乗り換えられることが分かった。

宇治山田駅で降りると、亀井が迎えに来ていた。

「どんな具合だ？」

　タクシーに乗ってから、十津川が、きいた。

「おかげ横丁は賑《にぎ》やかですよ。町は毎日、お祭りです」

「及川伊世は、そのお祭りさわぎの中で、辻説法をやってるのか」

「やってます」

「参拝客や旅行者は、おかげ横丁には楽しみに来ているはずなのに、邪魔にならないのかね」

「それが、不思議に、観光客の人気を集めているんです。かえって、伊勢神宮に来たという実感が得られるのかもしれません」

　と、亀井はいう。

「説法の内容は、毎日同じなのか」

「まもなく、第二の元寇がやってくる。それが日本を、途方もない恐怖に陥《おとしい》れる。だから、自分は今から、伊勢神宮に祈りを捧《ささ》げている。皆さんも、天照大神に祈りなさい――それの繰り返しです」

「それでも、人気があるのか？」

「警部も、一度聞いてみて下さい。若い女が、予言者みたいに喋《しゃべ》るからでしょうか。

いつの間にか祝詞のように聞こえてくるんです。本人が信じているから、面白いのかもしれません」

おかげ横丁に入ると、今日も昼間から、花火が打ち上げられていた。

観光客がぞろぞろ歩き、町のところどころで、道化師が踊っていた。

そんな中で、十津川の眼が素早く、及川伊世の姿を捕えた。

大きな幟を立て、着物に袴姿《はかますがた》で、鉢巻きを締めている。

その姿を、十津川は、前にどこかで見たことがあるような気がした。

記憶をたどると、会津若松の白虎隊《びゃっこたい》記念館で見た、一枚の絵である。

会津戦争では白虎隊が有名だが、藩士の妻と娘たちで作られた娘子隊《じょうしたい》も知られている。

中でも、家老の妻と、その二人の娘を描いた絵が印象に残った。

三人とも、色白の美人である。着物に袴、襷《たすき》掛けに白鉢巻き、いずれもナギナタの名手で、高く構えると、両腕の白さが眩《まぶ》しかったという。

三人が城を出て、新政府軍と相対した時、新政府軍の兵士たちは、一瞬、三人の美しさに見とれたという。

今、眼の前にいる及川伊世の姿は、その絵の中の娘に似ていた。

けなげな美しさというのか。必死な色気というのか。

「皆さん、どうかお聞き下さい」

と、伊世は、声を張りあげる。

皆さんの眼には見えなくとも、はるか西の大陸に、不吉な黒い雲が湧《わ》き立つのが、この眼に見えるのです。

その黒雲の下では、多くの死者が出ています。何百、何千という人々が死んでいます。

名前の分からぬ中国の大きな町を、多くの死体で埋めた後、その黒雲は、遠く日本に向かって、襲いかかってきます。

上空を旅客機が飛び交う現代、怪しい黒雲も、あっという間《ま》に、わが日本に到達してしまいます。

私には、見えるのです。すでに黒雲は、わが日本国に向かう準備をしています。

私には、その音が聞こえます。黒雲が、蝗《いなご》の大群のように押し寄せる音が。

今から七百四十年前、元の軍勢が、日本に襲いかかってきました。

文永の役では数万、弘安の役では十数万。その大軍が押し寄せ、九州の武将たちの奮戦にもかかわらず、たちまち、壱岐、対馬は占領され、博多にも蒙古軍が上陸してきました。

真実、あのままでいけば、九州は占領され、日本も蒙古の支配を受けていたかもしれません。

それを救ったのは、誰なのか。皆さんは、よくご存知のはずです。伊勢神宮が祭る天照大神に、当時の神職と僧侶が手を結んで、異国調伏を祈禱しました。それを聞き届けた伊勢神宮の天照大神が、奇蹟を起こされたのです。

どうか、そのことを、忘れないで下さい。現在、ここ、おかげ横丁は、伊勢神宮のおかげで賑《にぎわ》い、多くのお伊勢参りの人々が来て下さっています。

しかれども、七百四十年前の元寇を忘れてはなりません。いたずらに現在の生活を楽しむのみで、敬神の心を忘れてはなりません。

まもなく、恐ろしい黒雲が、日本の空を覆《おお》いつくします。その到達まで、数ヶ月しかありません。

第二の元寇に備えて、伊勢神宮を敬い、身を清め、日頃から神々の前で祈りましょう。

それを忘れて、敬神の心を失えば、伊勢神宮の天照大神に見捨てられるでしょう。

必ずや襲い来る大敵に勝つことができなくなるのです。数分でいいのです。数分だけ楽しむことを止《や》めて、私と一緒に、伊勢神宮に祈念して下さい。

そういうと、及川伊世は、伊勢神宮の外宮の方角に向かって、二拝、二拍手、一拝の作法に従って拝礼した。次に、内宮に向かって、同じように拝礼した。

観光客の中には、彼女に合わせて、外宮、内宮に向かって拝礼する者もいれば、黙って見守っている者もいた。

十津川と亀井は、辻説法を終えた伊世を、赤福の支店に誘った。

支店も、満席である。

隅の方に座って、名物の赤福とお茶をいただきながら、十津川は話を聞くことにした。

「楽しく拝見しましたが、辻説法といったらいいんですかね」

十津川がいうと、伊世は笑った。先ほどの辻説法の時とは、別人のように見える。

「そんな立派なものじゃありません。私は、ただの素人《しろうと》です。伊勢神宮の崇拝者として、その有難さを、皆さんにお知らせしているだけです」

「そうすると、江戸時代に流行《はや》った、御師《おんし》ということになりますか？」

と、十津川は、きいた。

御師というのは、伊勢神宮が、南北朝の争いや神職同士の争いで、さびれていった時、全国を廻って、伊勢参りに人々を勧誘したり、宣伝に、伊勢暦などを配って歩いた人たちのことである。

御師は、神職が多かった。神官には、上級と下級がいて、上級の神官を「禰宜《ねぎ》」と呼び、下級は「権禰宜《ごんねぎ》」と呼ぶ。その下級の権禰宜が、御師を務めたという。

御師は、みやげものや伊勢暦を持って、全国を歩いた。地方の人たちは、お礼に新米を渡す。この新米が金銭に代り、御師は、次第に豊かになった。御師の中には、旅館を建て、伊勢参りの客を泊めるまでになった者もいた。

庶民の伊勢参りが盛んになるにつれて、御師も繁栄していったのだ。

「御師は、いわばプロの方ですが、私は、伊勢信仰が強いだけの素人でございます」

「及川さんのお話は唄のようで、祝詞を聞いている気分になるともきいています。しかし、内容は難しい。第二の元寇が来るというのは、具体的に、何を意味しているんですか？」

と、十津川がきいた。

「はっきりとは、私にも分からないのです。まもなく日本を襲うことだけは、分かります」

伊世は、そんな答え方をする。

「戦争が、始まるわけではないですよね？」

今度は、亀井がきく。

「戦争ではありません。でも、襲いかかってくるものが、あまりに強大なので、戦いにたとえる人が、たくさん出てくるかもしれません」

「元寇と同じように、それは中国大陸から、日本に襲来するわけですか」

「元という国は、今はありませんから、中国大陸から、というのが正しいかもしれません」

「中国から来るといわれると、爆買いする中国人が思い浮かびますが、そのことではないのですね」

「今は、私にも、漠然とした黒雲しか見えていないんです」

と、伊世は、いう。

しかし、なぜか十津川は、及川伊世の話を、いいかげんな空想として、簡単に否定することができなかった。

それは、彼女の眼だった。

まっすぐ、こちらを見て話すのだ。眼が泳いでいない。

十津川は、わざと一拍おいてから、

「及川さんは、中村准教授の歴史研究グループに入っていましたね。死んだ小早川卓さんも一緒に」

「ええ。歴史が好きなんです」

「事件の直前に、あの研究会に参加されてますね」

「はい。Aテレビの番組について、中村先生と会員が話し合うんです。先生が、次回の番組では、こんな風にストーリーを作りたいといい、みんなが、それについて意見をいう会合なんです」

「しかし、今回は、中村准教授と意見が合わなかったみたいですね。特に、あなたと中村准教授が」

「それは、誰が、いってるんですか？」

と、伊世が、逆にきいてくる。

十津川は、それには直接答えず、

「会合のあと、中村准教授は、あなたたちをカフェに誘いました。もう一度、あなたと話をして、折り合いをつけようとしたのでしょう。その時は、小早川さんも一緒だったそうですね」

と、いった。カフェに行った会員から、話を聞いていると示唆《しさ》したのだ。

「でも、私は翌日、朝から用事があったので、そちらには行きませんでした」

「喧嘩《けんか》別れしたまま、それから中村准教授とは、会っても話してもいませんか？」

「喧嘩ではありません。歴史についての、まちがった認識を正しただけです」

伊世は、十津川の挑発に乗ってこない。

「十月十日のことを、確認させてください。あなたは朝五時前に阿佐谷のマンションを出て、品川発六時の新幹線に乗り、京都から、近鉄特急のビスタＥＸで伊勢に向かったのですね」

「はい、その通りです」

「本当は、朝六時過ぎに阿佐谷のマンションを出て、東京発七時の新幹線に乗り、名古屋から近鉄に乗ったのではないのですか？」

「それは、どういう意味でしょう。小早川さんが殺されたのが、午前六時頃だということですか？」

「その可能性がある、ということです」

「私がマンションを出たのは朝の五時前で、彼はまだ寝ていました。そのことは、いずれ明らかになるでしょう」

伊世の言葉の最後の方が、また少し祝詞のように聞こえた。

「あなたが乗ったビスタＥＸの車中で、中村准教授の遺体が発見されました。何も気づかなかったのですか？」

「これも以前お話ししましたが、同じ電車だったとは、全く知りませんでした。あとでニュースで知って、びっくりしました。それだけです」

「先日、風宮で亡くなっていたのは、京都の木村明子さんという方です。ご存じですか？」

「存じません。あの件も、事件になっているんですか？」

と、伊世が、逆にきいた。十津川は、

「自殺、他殺の両面で、捜査を進めていると聞いています」

と、あいまいに答えた。

「太田黒先生が、発見なさったそうですね。ちょうど十津川さんが、私の事務所から太田黒先生に電話した時に」

自分のアリバイを主張しているのかもしれない。しかし、伊世の表情はあまりに自然に見えた。

「木村明子さんは、中村准教授の知人です。本当に、ご存じないのですか？」

「私は、歴史学者として中村先生を存じ上げていただけで、私生活に関心はありません」

及川伊世の周辺で、立て続けに二件の殺人事件が起きている。風宮で死んだ木村明子を入れれば、三件である。

今のところ、だからといって殺人容疑で逮捕するわけにはいかなかった。三つの事件のつながりと、動機が不明だからである。伊世の主張を崩す証拠も、見つかっていなかった。

そして、及川伊世自身が、あまりにも無防備なことが、十津川に一歩、踏み出すのをためらわせていた。

伊世は今、第二の元寇が襲来するから、伊勢神宮に、災厄退散、醜敵撲滅を祈念せよ、と説き廻っている。

それは、異常なほどの熱心さである。その姿を見ていると、自分に殺人容疑がかかっていることなど、気にかけていないように見えるのだ。

十津川は、眼の前にいる及川伊世の顔を見直した。

七百四十年前の元寇が、また襲来すると考える人は、今ではほとんどいないだろう。それにもかかわらず、これほどまでに、彼女が恐れる理由は何なのか。

予言者を気取っているようにも見えない。何か、深く思うことがあってのことではないかと想像されるのだが、それが何なのか全く分からなかった。伊世に聞いても、確かな答えは返ってこない。

十津川は、質問を変えた。

「新たな元寇が来た時、伊勢神宮の神々は、果して日本を助けてくれますか？」

「今のままでは、分かりません。日頃から伊勢神宮に参拝し、虚心に神々を信じ、身を清めていくならば、日本が危機に陥った時、神々は、必ずや助けてくれます。一番の問題は、人々が傲慢《ごうまん》になり、神の助けなど必要ないと思い込むことです。人々は今、その瀬戸際《せとぎわ》に立っています」

と、伊世は、いった。

# 第四章　隠された過去

## 1

東京・阿佐谷での小早川卓の死。
近鉄特急の車内でのN大准《じゅん》教授、中村信彦の死。
伊勢神宮、風宮での木村明子の死。
今のところ、唯一《ゆいいつ》の容疑者が、及川伊世である。
当初、十津川は、及川伊世が東京で同棲《どうせい》中の小早川卓を殺し、伊勢に逃げる途中で、中村信彦を殺したと考えた。その足跡を追って、伊勢まで来たのだが、及川伊世本人に会ってみると、刑事を前にしながら、逃げたりするような気配はない。

おかげ横丁に住んで、新たな元寇《げんこう》に備えよと、声を上げている。なぜ、そんなことをしているのか、これをどう考えればいいのか、十津川にも判断がつかない。しかし、とにかく、逃げる気配はなさそうである。

容疑は依然として濃いのだが、いずれも情況証拠に過ぎず、直接証拠ではない。

そして、この三つの事件を結びつける動機が見つからない。

伊勢にいる十津川と亀井のもとに、新たな情報がもたらされた。

しかも、それは、事件の謎《なぞ》を、さらに深めるものだった。その情報をもたらしたのは、事件当日の及川伊世の行動を調べていた北条早苗である。

「私は、品川駅構内の防犯カメラを調べることにしました。及川伊世が主張している、十月十日の行動を確認するためです」

及川伊世は、十月十日の朝五時前に阿佐谷のマンションを出て、品川発六時の『のぞみ』で京都に向かい、さらに近鉄特急で伊勢に行ったと主張している。

小早川卓の死亡推定時刻は、午前五時から六時と見られている。及川伊世の主張が真実だったとしても、ぎりぎり犯行は可能だが、問題は猫の鳴き声だった。

猫の鳴き声と、マンションのドアの鍵《かぎ》から、午前六時の時点で、まだ犯人が小早川卓の部屋にいたのではないかと考えられるのだ。

そこで、亀井が時刻表から発見したのが、新幹線で名古屋へ行き、そこから近鉄に乗って、伊勢中川でビスタEXに乗り換える方法である。これなら、午前七時に東京駅から『のぞみ』に乗れば、間に合う。

「ところが、十月十日午前五時五十五分、品川駅の新幹線乗り換え口に設置された防犯カメラに、及川伊世の姿が映っていたのです」

と、北条早苗が、十津川に電話で報告した。

「それは、及川伊世にまちがいないのかね？」

と、十津川が、戸惑いながら、いった。

「まちがいありません。私は、及川伊世と同じマンションなので、時々見かけていました。その私が、防犯カメラの映像を確認しています。通勤ラッシュ時には、大変な混雑になる品川駅ですが、その時間帯には、まだそれほどの人込みでもありませんから」

「そうなると、また分からなくなるね。午前五時五十五分に品川駅にいた人間が、ほぼ同時刻に阿佐谷のマンションにいられるはずがない」

十津川と亀井は、及川伊世の監視は三重県警にまかせて、ともかく東京に帰ることにした。

長期戦を覚悟して、じっくり、今回の殺人事件について、捜査をすることにしたのである。

まず取り組まなくてはならない問題は、容疑者である及川伊世とは、何者かということである。

捜査本部に行くと、東京に残していた若い刑事たちを集め、命じておいた捜査の現状を聞いた。

「及川伊世は、三鷹《みたか》市内に住む、平凡なサラリーマンの家庭に生れています。この両親は、今も健在です。すでに結婚した兄がいますが、この兄もサラリーマンです」

と、これも北条早苗が、いった。

「平凡なサラリーマンの家庭か」

「ご不満ですか？」

「及川伊世の過激な性格や言動が、彼女の個人的なものか、あるいは家系がそうなのか、そんなことを考えていたものでね」

十津川が口にすると、北条早苗は、「実は――」と、いう。

「平凡なサラリーマンの家庭に生れていますが、父方の及川家というのは、代々、真言宗の僧侶《そうりょ》を出していて、及川伊世の祖父も、三重県の著名な真言宗の寺の住職だったと聞きました」

「坊さんか」

「そうです」

「真言というと、空海か」

「そうです。弘法《こうぼう》大師です」

「その真言宗の僧侶の息子、つまり及川伊世の父親は、なぜ坊さんにならず、三重から東京に越してきて、サラリーマンになったんだ？」

「はっきりわかりませんが、その坊さんだった祖父が、三重で何か問題を起こしたらしい、という噂《うわさ》は聞いています」

「どんな問題なんだ？」

「そこまでは、まだ分かりません」

「真言宗の本山に問い合わせてみたのか？」

「真言宗は、高野山の金剛峯寺《こんごうぶじ》が総本山ですが、その後、宗派が分かれて、及川伊世の祖父が属していたのは、奈良の長谷寺《はせでら》に総本山がある、豊山《ぶざん》派と分かりました。先ほど、そちらに電話してみたんですが、宗派内部のことは、お答え出来ませんと、あっさり断わられてしまいました。それから、及川伊世の名前は、その祖父が伊勢にちなんで、命名したそうです」

「祖父が勤めていた寺の名前は分かるか？」

「三重県にある孝徳寺《こうとくじ》で、八百年以上続く名刹《めいさつ》だそうです」

「三重の、どこにあるんだ？」

「宇治山田です」

「宇治山田？」

と、十津川は、びっくりした。

「私は、そこから帰ってきたばかりだよ。それに宇治山田といえば、伊勢神宮だ。そんなところに、真言宗の仏寺があったのか」

「三鷹にいる両親にも会って、話を聞きました。その時のことは、報告書にしてあります」

その報告書に、十津川は、眼を通した。

三鷹を訪ねたのは、北条刑事と日下刑事だった。

及川伊世の父親は及川周平《しゅうへい》。サラリーマンだったが、既に定年退職している。専業主婦の母親は、克子《かつこ》である。

## 2

周平　あの子は、私たち夫婦が結婚して、だいぶ後に生まれた子です。長男のあとはもう子供は授かれないだろうと諦《あきら》めていたんですよ。あの子は、子供の頃から、勘の鋭いところがあった。外で雨宿りをしている時、ふいに雷が来るから逃げようと叫んだことがあります。あまりに真剣なので、いちおう逃げたら、直後に、雨宿りしていた木に雷が落ちました。もしも、今度のことで、皆さんにご迷惑をかけているとしたら、申しわけない気持ちがあります。

克子　子供の頃から、癇癪《かんしゃく》持ちで、育てるのが苦労でした。そんなところが、亡《な》くなった義父に似ているそうです。

——伊世さんのお祖父《じい》さんは、三重県の孝徳寺という名刹の僧侶だったとお聞きしましたが、詳しく教えてください。

周平　本名は、及川周作《しゅうさく》です。僧侶としては、周海《しゅうかい》と名乗っていたようです。寺は、宇治山田にあり、住職をしていた時点でも八百年近く続く名刹でした。

――その周海さんは、若くして、孝徳寺の住職をされていたそうですね。

周平　三十八歳で、住職になったそうです。太平洋戦争が始まると、本来なら応召している年齢なのですが、祖父は生れつきの色覚障害のため、兵役を免除され、孝徳寺の住職を続けていたといいます。その代り、ひたすら、皇国の勝利を祈念し続けたようです。

――周海さんは、終戦直後に自殺されたと聞いたんですが、本当ですか？

周平　父が亡くなったのは、終戦直後というか、昭和二十一年の暮れです。私は十九年の生まれで、私も父が年をとってからの子供でした。父が死んだ時には、まだ幼かったので、何も分からなかったし、その後も、病気だったと聞かされていました。自殺だったと知ったのは、大人になってからです。

――あなたがお寺を継がなかったのは、そういったことが理由ですか？

周平　私は、ご覧の通り平凡なサラリーマン人生を送りました。生まれは真言宗の寺ですが、別に代々、うちの家系が住職を務めていたわけではありません。私は、仏教について深く考えたこともありません。

――終戦直後、多くの人々が、敗戦の責任をとって、自決しています。たとえば、特攻の生みの親といわれた大西海軍中将は、若者たちを死なせた責任をとって自決し、阿南《あなみ》陸軍大臣は、敗戦の責任をとって、割腹自殺をしています。及川周作さんも、同じ気持で、自殺したのではありませんか？

周平　それはどうでしょうか。父は孝徳寺の住職をしていましたが、名刹とはいえ、一介の僧侶です。国家の興亡の責任をとるほど、偉くはありません。なお、公式には病死ということになっていて、豊山派でも、そのように扱われているそうです。

――伊世さんは、祖父の周作さんを、どう思っているんでしょうか？

克子　伊世が生れた時には、義父が亡くなって五十年近く経《た》っていたんですから、何も知らないと思いますよ。

――しかし、伊世という名前は、周作さんが命名されたとも聞きましたが。

周平　私が生れた時、父の名前を一文字とって、周平と名づけられました。女の子だったら、伊勢にちなんで「伊世」とつけようとしていたそうです。その話を、母から聞いていましたので、私たちに娘が生まれた時に、その名前をつけただけです。

――おかしいですね。伊世さんは、自分が尊敬しているのは、祖父の周海であり、その生き方、死に方に惹《ひ》かれていると、大学の友人に話していたそうです。周作さんのことを、よく知らなければ、そんなことはいわないと思いますが。

周平　私が物心がつく前に、父は亡くなっています。ですから、私も父のことを詳しくは知らず、伊世に話したこともありません。ただ、八百年近く続いた名刹、孝徳寺の住職でしたから、誰か父を尊敬する人がいて、その人から聞いたのかもしれません。

——あなたは、お父上を、どう思っていたんですか？

周平 今もいったように、私自身にも、父の記憶はないのです。しかも、私は住職の息子のくせに、信仰心がうすくて、坊主《ぼうず》の修行など嫌でした。だから、父の生き方は敬遠して、サラリーマンになったんです。

——僧侶の周海さんとして、書かれた文書や本はありませんか？

周平 そんなものは、一冊もないと思います。

——そういったものがあれば、伊世さんが、祖父の生き方や死に方に憧《あこが》れる、というのも分かるのですが？

周平 そういわれても……。

——伊世さんは、今、伊勢のおかげ横丁で、そこに住む人々や観光客に、連日、大声で辻《つじ》説法をしています。それは、まとめると、だいたい、次のような内容です。


間もなく、「第二の元寇」が襲来する。

それに備えて、信仰の気持を強くするべきだ。

皆が揃《そろ》って、神に祈れば、敵も退散する。
太平洋戦争は、緒戦の勝利におごり、神に祈ることを忘れたために、日本は敗北した。
その轍《てつ》を、二度と踏んではならない。
さあ、一緒に、災害退散を祈りましょう。

――もしかしたら、祖父の周海さんも、これと同じようなことを、口にしていたんじゃありませんか？
周平　どうして、そんなふうに思うのですか？
――太平洋戦争のことが出てくるからです。伊世さんの家族や周辺で、戦争の記憶がある世代となると、周海さんになるのではないでしょうか。
周平　残念ながら、私は、お坊さんのお説経が苦手なので、父がどんな説経をしていたか、母からも聞かせてもらったことはありません。
――お二人は、伊勢に行ったことはありますか。伊勢神宮、おかげ横丁、それから、孝徳寺もですが。
周平　もちろん、生まれ育った地元ですから、伊勢神宮に行ったことはあります。孝徳寺とは、もう関係がありませんから、大人になってからは行っていません。
克子　主人と一緒になってから、お伊勢参りに連れていってもらいました。おかげ横丁の赤福で、お餅《もち》とお茶をいただいたのが、いい思い出です。また行けたらいいのですが、もうだいぶ年なので、どうなることか。
――伊世さんとは、今も、連絡を取っていますか？
克子　心配なので、時々電話するんですけど、忙しいようで、なかなか出てくれないんですよ。
周平　あの娘《こ》は、私が何をいっても、聞いてくれる性格じゃないので、連絡はしないことにしています。

3

十津川は、報告書を読み終えた。

「まず、聞きたい。及川伊世が、祖父の周作、周海を尊敬しているというのは、間違いないのか？」

「それは、間違いありません。大学の友人が、伊世さんから何回も聞いたと証言しています」

と、日下が答える。

「しかし、伊世が生まれたのは、祖父が亡くなったずっとあとだろう？」

「そうです。伊世の祖父は、戦後すぐに亡くなっています。没後五十年近く経ってから、伊世が生まれたわけです」

「では、祖父を尊敬する理由は何だろう？」

「それが分からないのです。周海について書かれた本も、周海が遺《のこ》した文章も、何も見つかっていません。豊山派の総本山に問い合せても、なぜか周海については、話したがらないのです」

「その理由は、やはり、周海の死が自殺だからか」

「ほかに、理由らしきものは見つかりません」

と、早苗がいった。

「周海の正確な死亡日は、いつなんだ？」

「戸籍によると、昭和二十一年十二月十二日に亡くなっています」

「一九四六年、終戦の翌年だね。それで、伊世が生れたのは？」

「平成六年、一九九四年六月二十五日です」

「周海の死と伊世の誕生の間には、四十八年もの開きがある。それでも、間違いなく、影響を受けているのか？」

「それは間違いありません」

二人の刑事が、同時にいった。

「考えられることは、一つしかないな」

十津川は、二人を見た。

「遺書ですか？」

と、早苗がいい、日下は、

「そうだ。祖父の遺書を、伊世は読んだんだ」

と、声を大きくした。

「そうだよ」

と、十津川が肯《うなず》いた。

「自殺の場合は、遺書を残して死ぬことが多い。四十八年後に生れた孫の伊世は、ある時、祖父の遺書を読んで、ショックを受けた。あるいは、感動したんだ」

「しかし、伊世の父親の周平も知らない遺書を、どうやって読んだのでしょうか」

と、早苗が疑問を口にした。

「それを、これから調べるんだ。その遺書が、伊世の行動の根源にある。そんな気がしてならない」

と、十津川は、いった。

捜査会議でも、十津川は、この捜査方針を提示した。

しかし、捜査会議に三上刑事部長が出席したために、彼の反対に、ぶつかってしまった。

「その祖父が、及川伊世に影響を与えたとしても、そのせいで、彼女が殺人を犯したとは、とても考えられない。それに、祖父は僧侶なんだろう？」

「そうです。真言宗の僧侶です」

「まともな僧侶が、遺書の中とはいえ、孫娘に殺人を勧めるとは思えないだろう。そもそも、殺人を教える宗教なんてあるのかね？」

三上部長は、時々、無茶な議論を吹っかけて、楽しんでいるのだ。

「もちろん、真言宗にそんな教えはありません」

と、十津川は、殊勝に答える。

「それなら、祖父のことを調べるのは、無意味だろう。それよりも、及川伊世は、今どうしているんだ？」

「及川伊世は、伊勢のおかげ横丁で、住人や観光客に、まもなく第二の元寇が来る、と呼びかけています」

と十津川は、いった。

三上は、笑った。

「元寇があったのは、大昔の話だよ。鎌倉幕府の頃なんだから」

「文永の役と弘安の役、どちらも、今から七百四十年くらい前です」

「七百四十年も前のことで、我が警視庁の捜査一課が浮き足だって、どうするんだね」

「元寇というのは、たとえでしょう。日本では、外から大災が降りかかってくると、元寇にたとえることが多いのです」

十津川は、根気よく説明する。

「及川伊世の祖父も、そんな大災に出会っているのかね？」

「及川周海は、一九〇〇年の生まれです。太平洋戦争の時、伊勢にある真言宗の名刹、孝徳寺の住職でした」

「戦死したのかね？」

「終戦の翌年、昭和二十一年十二月十二日に亡くなっていますが、自殺の噂があるのです。自殺者は、遺書を残している可能性が高いので、その遺書を探したいのです」

「その遺書が、どうして重要なんだ？」

「今回の殺人事件の遠因になっていると考えられるのです」

「そんな昔の話が、なぜ現代の事件に関連する？」

「及川伊世がいっている『第二の元寇』ですが、もちろん、もう元という国はありません。では、襲来する敵の正体は何なのか。周海の遺書が、伊世に大きな影響を与えているとすれば、遺書が見つかれば、その敵の正体に近づけると思うのです」

「捜査対象はそれだけかね？」

「もう一つ、及川周海が住職をしていた孝徳寺と、戦争中の仏教のことも、調べたいと考えています」

「その捜査が、事件の解決に必要なのか？」

「絶対に必要だと思います」

「考えてみよう。返事は、明日の朝までにする」

と、三上が、いった。

十津川は、ほっとした。

三上刑事部長は、傲慢《ごうまん》で意地悪だが、気の弱いところがあって、自分の責任になりそうになると、捜査を丸投げしてくる。十津川にしてみれば、そこが狙《ねら》い目だった。

4

案の定、三上は、十津川と亀井に、捜査を委《ゆだ》ねてきた。

十津川は、今回も歴史学者、太田黒の助力が必要だと見て、太田黒に連絡し、亀井と共に、東京駅で落ち合った。

三人で新幹線に乗り込んだが、太田黒は、最初からニヤニヤ笑っている。

「警視庁のエリート刑事たちが、こんなにお伊勢参りが好きだとは、知らなかったね」

と、太田黒が、皮肉をいった。

「残念ながら、お伊勢参りが目的じゃありません」

と、十津川は、いった。

「でも、伊勢へ行くのだろう？」

「宇治山田にある、真言宗の孝徳寺という寺に向かいます。八百年以上続く名刹だそうです」

十津川がいうと、太田黒は、やっと笑みを消して、

「伊勢に、仏寺を訪ねるのか」

「だから、先生にもう一度、同行していただくことにしたのです」

「というと？」

「今から七百四十年前の、元寇があった時、伊勢神宮では、国難に当たって、日本の勝利を祈願したわけでしょう」

「文永の役では、当時の鎌倉幕府と朝廷からの要請で、伊勢神宮で神官たちが、元の軍勢の撃滅を祈願している」

「伊勢にも寺があり、僧侶がいるわけです。孝徳寺は、八百年以上続いているそうですから、元寇の時にも、寺はあったはずです。しかし、以前、先生は、西行が伊勢神宮に入れなかったという話をしてくれましたね。僧侶は、伊勢神宮から忌《い》み嫌われていたとか」

「文永の役では、僧侶たちは、中に入れなかった。だが、弘安の役では、神官も僧侶も一緒になって、元軍撃滅を祈っている」

「どうして、最初から一緒に祈らなかったんですか？」

「神道《しんとう》と仏教の関係は、複雑でね。日本は、神道を国教に決めた時もあるし、仏教を

国教と定めた時代もある。しかもこれに、キリスト教も関係してくるんだ」

「よくいいますね。日本人は、初詣《はつもうで》に神社へ行き、葬式はお寺に頼む。さらに、クリスマスと結婚式は教会だと」

「日本人の宗教に対する寛容さでもあり、だらしなさでもあるんだ。これに政治がからむと、さらにややこしくなる。神仏習合といったり、廃仏毀釈《きしゃく》といったり、キリスト教を庇《ひ》護したり、手のひらを返して弾圧したりする。天照大神は大日如来だというのは、このややこしさの極みだね」

「太平洋戦争の時代は、どうだったんですかね？」

と、亀井が、きいた。太田黒は、

「それを説明するには、神仏の関係を歴史的に見てみなければならないね。少し長い話になるよ」

と、前置きをして、続けた。

「明治政府ができて、日本は天皇中心の国になった。天皇家の祖神は天照大神だから、神国日本が叫ばれて、鳥居の数が増えていった。仏教に対しては、廃仏毀釈だ。この傾向は明治以前からあって、歴史的には、会津、水戸、岡山の三藩を見るとよく分かる。この三藩は、かつては神仏習合として、神社と寺を一緒に祭っていた。それを、この三藩は分離するようになる。推進したのは、会津の保科正之《ほしなまさゆき》、水戸の徳川光圀《とくがわみつくに》、岡山の池田光政《いけだみつまさ》といった、それぞれの藩主たちだ」

「江戸時代の前半の頃ですね。なぜ、そんなことを始めたんですか？」

「儒教の影響だろうね。儒教というのは、一種の合理主義だ。神社と寺は、本来、別のものだから、一緒にあるのは、おかしいというわけだ。当時、小さな村では、神社と寺が一緒になっていた。お寺の中に、小さな神社があったり、その逆もあった。村人は平気だったんだが、藩主たちには、それが雑多な形に見えたんだろうね。そこで、神仏分離を実行した」

「それは神仏分離であって、明治時代の廃仏毀釈じゃなかったわけですね」

「もちろんだよ。江戸時代の国教は、仏教だからね。徳川家の菩提寺《ぼだいじ》は、上野寛永寺と芝増上寺だが、京都の朝廷でも、代々の天皇の墓は、泉涌寺《せんにゅうじ》にあった」

「神仏分離というのは、具体的には、どんなことだったのでしょう？」

「この三藩のやり方だが、一村に一神社、一寺と決めて、残りは全《すべ》て潰《つぶ》していった。結果的に、この三藩では、神社、寺、それぞれ一万ずつが消されたといわれている」

「それが、明治政府になって、廃仏毀釈になったんですね」

「明治政府は、江戸時代の仏教の国教化を否定し、神道国教化政策を推し進めたんだ。

それまでは神仏習合で、神社も、仏教的色彩が強かった。まず、神社から、この仏教色を取り除くことから始めて、そのために法令を作った。明治元年（一八六八年）に一連の通達を出したんだが、それを総称して、神仏分離令と呼ぶ。この三ヶ条からなっていた」

と、太田黒はいって、三ヶ条を簡単に並べてみせた。

一、神社での、仏教的用語の使用を調査

二、神社で、仏像を御神体としているものは、その仏像を廃棄

三、仏教的な什物《じゅうもつ》は廃棄

「この時の政府の政策で面白いのは、僧侶を還俗《げんぞく》させ、全国の神社で、神官にしているんだ」

「キリスト教の神父を、神社の神官にさせるようなものですね」

「全国の寺院の六十パーセントが、このために消えたといわれている。多くの仏像が、壊されたり焼かれたりした。仏具や仏画、経典も焼かれた。海外に流出した仏像や仏画は、むしろ幸運な方だったのかもしれないね。もちろん、これに抵抗する人たちも

いた。たとえば、鎌倉の鶴岡八幡宮《つるがおかはちまんぐう》の建物の一部に、寺院建築の様式が残っているのは、その一例だ」

「焚書《ふんしょ》というか、仏教弾圧といってもいいですね」

「神官の家庭では、仏式の葬式は許されなくなったそうだ」

「次第にエスカレートしていくというのか、何となく滑稽《こっけい》でもありますね」

と、十津川が苦笑した。

「過渡期には、そんな愚行が横行するものさ。神仏分離が行きつくところまでいって、廃仏毀釈になったといってもいい」

「この時期、伊勢神宮も、影響を受けたんじゃありませんか」

「もちろんだよ。何といっても、神道国教化政策の頂点だからね。この時、天皇家の皇祖の宗廟《そうびょう》は、伊勢神宮である、と決められたんだ」

太田黒の言葉に、十津川は驚いた。

「この時に決まったのだとしたら、それまで天照大神は、どこに祭られていたんですか？」

「実際には、宮中に祭られていたといわれている。日本書紀によれば、垂仁《すいにん》天皇が、倭姫命に命じて、新しく天照大神を祭る場所を探させたところ、現在の伊勢の地に決められたことになっている。ただ、これは、あまり信用できない。当時、伊勢志摩地方には、度会氏という強力な豪族がいたからね。現在、外宮の祭神は豊宇気毘売神で、内宮が天照大神となっているが、最初、外宮に祭られたのは、度会氏だったという話もあるんだ」

と、太田黒はいった。

名古屋で近鉄特急に乗りかえ、宇治山田で降りた。

伊勢神宮とは反対方向に、十分ほど歩いたところに、孝徳寺があった。

八百年以上続く名刹というだけあって、重厚な造りの建物である。

寺務所の傍の説明板には、文治元年（一一八五年）の創建とあった。鎌倉時代である。

十津川は、ちょっと考えてから、太田黒に頼んだ。

「ここでは、先生が当たってみてくれませんか。警察手帳を出したりすると、角が立ちますから」

「何を聞けばいいんだ？」

「一番知りたいのは、この寺の住職だった及川周海が、戦時中、何をしていたか、ということです。彼は終戦直後の昭和二十一年に病死したことになっていますが、本当は自殺だったようです。もし、その真相を知っていたら、聞いてきて下さい」

「わかった」

と、太田黒は肯いて、寺務所に入っていった。

十津川と亀井は、広い境内をゆっくり歩いてみた。

参拝者の姿はまばらで、静かである。伊勢神宮やおかげ横丁は、いつも賑《にぎ》やかで、あれはあれなりに楽しいが、こちらの静けさは、いかにも古寺らしく、心地いい。

本堂に近づくと、読経《どきょう》の声が、聞こえてきた。それをしばらく聞いていた。

太田黒は、なかなか戻って来ない。

寒くなってきたので、二人は、門前に茶店があったのを思い出し、そこで待つことにした。

五色団子がおすすめというので、それにお茶で、太田黒を待った。

「時間がかかりますね」

と、亀井がいうのに、十津川がうなずいた。

「太田黒先生が、粘ってくれているんだ」

それから、しばらくたって、ようやく太田黒が、茶店の方に歩いてきた。

「疲れたが、面白かった」

と、笑ってから、五色団子とお茶を頼んで、太田黒が喋《しゃべ》り出した。

「間違いなく及川周海は、孝徳寺に勤めていた。昭和十二年、日中戦争が始まった年から、終戦の昭和二十年までだ。住職になったのは、昭和十四年からだそうだ」

「終戦の時までですか？」

「寺務所の人間は、そのあたりのことを、なかなか話してくれなくてね。やっと話してくれたのは、戦後、ＧＨＱによって、公職追放になったということだ」

と、いう。

戦争に協力したということで、連合国軍最高司令官マッカーサーの命令で、公職から追放された人が、大勢いたのである。

「及川住職の公職追放の理由は、何なんですか？」

と、亀井が、きいた。

「過激な国家主義の鼓吹、ということだったそうだ」

「寺の僧侶が？」

「神国日本では、仏教は、神道より一段下に見られていた。そのため、逆に人一倍、強い国家主義思想の持ち主になった僧侶もいたらしい。この孝徳寺の及川周海も、その一人だったんだろうな。土地の年寄りを集めて、大東亜解放の講話をしたり、戦争末期には、奥さん連中に竹槍《たけやり》訓練をしたりしたそうだ」

太田黒は、スマホで写してきた一枚の古い写真を、十津川たちに見せた。

及川周海が、近所の奥さん連中を集めて、竹槍訓練をしている写真らしい。

坊主頭に、「神風」と書いた鉢巻をしている。

「軍国坊主と呼ばれて、地元では有名だったそうだ」

と、太田黒が、いう。

「それで、公職追放ですか」

十津川は、首をかしげた。このくらいのことで、GHQは、孝徳寺の住職を公職追放したのか。

「ほかにも何かあるんじゃないかと思って、しつこく聞いてみたんだが、何も答えてくれなかったよ。まあ七十五年も前の話だから、また聞きにしても、知らないということもあるかもしれない」

と、太田黒は、いった。

十津川は、急に思いついて、きいた。

「及川住職が揮毫《きごう》した色紙や額などが、残っていないでしょうか？」

「彼の字を見たいのか？」

「及川住職は、遺書を書いていたんじゃないかと思っているんです。それが遺っていれば、何とかして読んでみたいのです。その前に、どんな字を書くのか、知っておきたいんですよ。昔の人だから、遺書も筆で書いているだろうと思っているんです」

「明鏡止水と書いた額が、あったそうだよ。名筆なので大切にしていたら、敗戦で、GHQに公職追放を喰らってしまった。累《るい》が及ばないように焼却しようとした時、どうしても欲しいという人がいたので、贈呈したというんだ」

「誰にあげたか、分かりますか？」

「宇治山田駅近くの、『そば徳』という店の主人らしい。しかし、七十五年も前の話だからね。今も、その店にあるかどうかはわからないよ。当時の主人は、さすがにもういないだろうし」

太田黒が笑った。が、十津川は、真剣な顔で、いった。

「もう一つ、お願いしたことがありますね」

「及川周海の死が、病死か自殺かということだろう。孝徳寺の責任者に聞いてみたが、寺を離れてからのことは分からない、寺とは無関係だ、の一点張りでね。答えようとしないんだ。いくら粘っても、向こうの返事は変わらなかったよ。でも、そんな繰り返しの間に、感じたことがある」

「どんなことですか？」

「今の住職だけでなく、あの寺の僧侶は全員、及川周海の死について、何か知ってるね。知ってるからこそ、あんなに頑として、寺とは関係ないと主張するんだと思う」

「どうも、及川周海が自殺だったとしても、単に病気を苦にして、といったことではなさそうですね。何か暗い事情がありそうです」

「私も同感だね。僧侶たちの様子を見ていると、何らかの形で孝徳寺が関係していたに違いないと思えてくる」

「寺に対する抗議の自殺でしょうか？」

十津川がいうと、太田黒は、あっさり否定した。

「それはないと思う。及川周海を公職追放としたのは、孝徳寺ではなく、GHQのマッカーサーだからね。それに、及川周海が追放されたのは昭和二十年の年末で、彼が死んだのは、それから一年も経ってからだ」

「それなら、なぜ自殺したんでしょうか？」

「それは、私にも分からん」

と、太田黒は、小さく笑った。それから突然、きいてきた。

「十津川君は、先の戦争に関心があるかね？」

「もちろん、日本人ですから、太平洋戦争には関心があります。関係する本を読んだり、写真や映画を見て、知識は増えていますが、実感のないのが残念です」

「最近、『昭和天皇実録』という資料が公開された。一九〇一年（明治三十四年）四月二十九日の誕生から、一九八九年（昭和六十四年）一月七日の崩御、さらには昭和天皇武蔵野陵《むさしののみささぎ》の陵籍登録までを、年代順に記したもので、出版もされている。全部で六十一冊、一万二千頁《ページ》余りという膨大なものだ」

「先生は、購入されたんですか？」

「もちろん、すぐ購入した。自分の仕事にも関係しているからね」

十津川は、太田黒が、なぜ突然、「昭和天皇実録」の話を持ち出したのか、戸惑ってもいた。

「及川周海が自殺したのは、昭和二十一年十二月十二日だった」

太田黒は、自殺と決めてかかっていた。

「そうです。終戦の翌年の十二月十二日です」

「この十二月十二日という日付が、偶然なのか、何か意味があるのか、少しばかり気になっていたんだ」

「というと？」

「その『昭和天皇実録』の中に、十二月十二日という日付が出てくるんだよ」

「本当ですか？」

十津川は驚いた。

「太平洋戦争が始まったのは、昭和十六年十二月八日だ」

「もちろん、知っています」

「現地時間では十二月七日になるが、日本の機動部隊が、ハワイの真珠湾を奇襲攻撃して、戦争が始まった。緒戦は、ハワイ奇襲が成功し、翌昭和十七年には、陸軍が、東南アジア諸国を次々に占領していった。ところが、同年六月五日から七日にかけて、ミッドウェイ島周辺の海上決戦で、日本の連合艦隊は、大損害を受けてしまった。その二ヶ月前の四月には、アメリカ陸軍航空軍の本土空襲で、不意打ちを受けている。そんな空気の中、天皇は伊勢神宮に、戦勝祈願に行かれた。伊勢では、外宮、内宮を参拝され、それぞれに御告文《おつげぶみ》を読み上げられている。これが、昭和十七年の十二月十二日なんだ」

と太田黒が、いった。

「それから四年後の十二月十二日に、及川周海が死んだわけですね。これは偶然なんでしょうか？」

「どうなんだろうね。遺書でもあれば、分かるんだろうけどね」

「ますます、及川周海の遺書が重要になってきました。昭和天皇の伊勢神宮での戦勝祈願は、『昭和天皇実録』に載っているんですね？」

「外宮、内宮に別々に出された、御告文の全文が載っている。さらに、それに先立って、木戸幸一内大臣に対して、天皇は、こういわれている。『――速やかに最後の勝利を収め、東亜の天地が安定し、延《ひ》いては世界の平和が回復し、以《もっ》て皇国国運のいよいよ隆昌《りゅうしょう》ならんことを祈り奉《まつ》る旨《むね》を御告文に挿入するよう』と。相当のお気持をもって、伊勢神宮に参拝されたことは、間違いないんだ」

「その昭和天皇の伊勢神宮参拝を、及川周海は知っていたんでしょうね？」

「もちろん、知っていたはずだよ。伊勢神宮での戦勝祈願は新聞でも報じられたし、周海は、ここ宇治山田にある寺の住職だったんだから」

十津川たちは、茶店を出た。

宇治山田駅近くの「そば徳」は、すぐにわかった。

団子を食べたあとだったが、それぞれに蕎麦《そば》を注文し、十津川が店主に、及川周海の書いた額のことを聞いてみた。

店主は、あっさりと、店の奥から、額を出してきてくれた。

右から左へ、「明鏡止水」と書かれていた。「及川周海」と署名もある。達筆である。

十津川は礼をいい、写真に収めさせてもらった。

食事を済ませたあと、三人は、当然のように、伊勢神宮に向かった。

## 5

うす曇りで肌寒かったが、伊勢神宮も、おかげ横丁も、変わらず賑《にぎ》わっていた。

おかげ横丁では、及川伊世の辻説法の声は聞こえなかったが、「神恩感謝」の幟《のぼり》は、高く、ひるがえっていた。

伊世が勤めている事務所に行くと、そこは無人だった。声をかけると、奥で横になっていたのか、伊世が起きてきて、マスクをつけたまま、

「風邪をひいてしまって」

と、いう。

「あなたのお祖父さんの周作さんが、戦時中に住職をやっておられた、孝徳寺に行って来ました」

と、十津川が、いった。

一瞬、伊世は、驚いた眼になったが、すぐに、

「祖父のことは、よく知らないんです。私が生まれるずっと前に、亡くなっていますから」

と、いった。

「関心がないんですか？」

「ええ」

「しかし、あなたは、『祖父のように生きたい』と、よく口にしていたそうじゃないですか。大学の同級生が憶《おぼ》えていましたよ」

「それは、何かの間違いです。祖父が真言宗の僧侶だったことは知っています。だから、サラリーマンの家系かと聞かれて、違うといっただけです」

「お祖父さんの遺書を読んだことはありませんか？」

「遺書？　そのようなものがあるかどうかも、私は存じません」

「あなたがやっている辻説法は、周作さん、いや、周海さんの影響じゃないんですか？」

今度は、亀井が、きいた。

返事の代りに、伊世が突然、跳ねるように立ち上がった。

十津川たちは驚いて、

「どうしたんです？」

と、いった。

「敵が、一歩、近づいてきました。寝ているわけにはいきません。日本の国土が侵される前に、皆さんに警告しないと」

伊世は、事務所を飛び出していった。

十津川たちに、止める余裕はなかった。というより、十津川は、止める気がなかった。

伊世の様子を、じっくり観察したい気持ちの方が、強くなっていたのだ。

外に出ると、伊世は、さっそく辻説法を始めていた。

たちまち、人々が、彼女を取り囲む。

その人垣の中から、彼女の声が聞こえてくる。

「強大で情け容赦のない敵が、まもなく、西から日本に上陸して来ます。私たちを亡ぼそうとする、卑劣な敵です。今からでも遅くはありません。伊勢の神々に、醜敵撃滅を祈願しましょう」

十津川は、ふと、彼女の祖父、及川周海も、戦争の最中に、人々に向かって、同じように叫んでいたのではないだろうかと、想像した。

七百四十年前、西から海を越えて、元の大軍十万余りが、襲いかかってきた。

昭和の戦争の時は、海を越えて、アメリカ軍が、じわじわと攻めてきた。

では、次は――。

事件の捜査は、膠着《こうちゃく》状態に陥った。

著しい進展のないまま、年が移った。

中国の武漢市から、日本のビジネスマンが一人、帰国した。

空港では、何の検疫《けんえき》も受けず、自宅に帰った。

# 第五章　自死の周辺

## 1

及川伊世の奇妙な行動は、亡《な》き祖父の強い影響によるものではないかということが、徐々に分かってきた。

ただ、伊世が生まれる半世紀近く前に、祖父は死んでいるので、直接の影響はありえない。

考えられるのは、彼の遺書が残っていて、伊世はそれに影響を受けたのではないか、という可能性だった。

しかし、伊世は遺書など知らないといい、両親も、見たことがないと証言した。

こうなると、祖父の及川周海が、どんな生き方、考え方をしていたのかを、調べて行くより仕方がなかった。

及川周作、僧名周海は、国粋主義、国家主義の戦争協力者として、戦後、ＧＨＱによって、公職追放され、孝徳寺の住職の地位を失っている。

真言宗の方でも、本来、宗教は平和を希求するものだということで、周海の追放には、異議を唱えなかった。

もっとも、日本のほとんどの宗教は、太平洋戦争に賛成し、軍に協力していた。

戦後になると、その行動を反省する言葉が、宗教界から上がっている。

そうした転向を考えれば、周海は、宗教界の犠牲になったといえるかもしれない。

孝徳寺は、住職の周海を追放することで、責任逃れをしたともいえるだろう。

ただ、周海の方も、戦時中の行動は、派手で目立っていた。

戦争末期、周海が、境内に近所の主婦を集めて、竹槍《たけやり》訓練をさせている写真が、新聞に大きく掲載された。

毎週「大東亜戦争の意義」と称して、近くの子供たちを集めて説教をし、「昭和の松下村塾」を名乗っていた。

周作自身も、追放の素地を作っていたのである。

十津川が、まず調べることにしたのは、十二月十二日の意味である。

周海が自殺したのは、昭和二十一年十二月十二日だった。

「昭和天皇実録」を読んだ太田黒に教えられたことだが、昭和天皇は、そのちょうど四年前、昭和十七年十二月十二日、戦勝祈願のため、伊勢神宮に参拝されている。

この時、外宮、内宮の両方に参拝され、御告文を読み上げられた。ただ、前文の部分が、微妙に違っている。

〈内宮の御告文〉

掛巻《かけまく》も恐《かしこ》き天照坐皇大御《あまてらしますすめおおみ》神《かみ》の大前《おおまえ》に恐《かしこ》み恐みも白《もう》さく去年《こぞ》の此《この》月の八日已《や》むべくも無く米国及英国に対《むか》ひて戦《いくさ》を開きしより朕《あれ》が軍人《いくさびと》は海に陸《くが》に空に身も棚知らず猛《たけ》び進みて敵《あだ》の拠《よ》れる島々国々を次々に戡定《くだ》きしのみかは日に月に和《なご》し恵まひ或《ある》は大海原に寇《あだな》ふ艦船《いくさぶね》を撃破り追攘《おひはら》ひて偉《いみ》じき戦果《いさお》を挙げしは専《もは》ら皇大御《すめおおみ》神《かみ》の阿《あ》奈《な》々《な》比《ひ》給《たま》ひ扶《たす》け給ふ——

〈外宮の御告文〉

挂巻も恐き豊受大御神の大前に恐み恐みも白さく去年の此月の八日已むべくも無く米国及英国に対ひて戦を開きしより朕が軍人は海に陸に空に身も棚知らず猛び進みて敵の拠れる島々国々を次々に戡定きしのみかは日に月に和し恵まひ或は大海原に寇ふ艦船を撃破り追攘ひて偉じき戦果を挙げしは専ら広き厚き恩頼《みたまのふゆ》となも思《お》ぼし食《め》す故此《かれこの》由《よし》を告げ奉《まつ》り辱《かたじけな》み奉る——


御告文の文章が、微妙に違うのは、祭神が違うから当然ともいえる。内宮の祭神は天照大神であり、外宮はその天照大神の食事を司《つかさど》る豊受大御神だから、天皇は内宮に力を籠《こ》めて参拝されたはずであり、それが御告文には表れている。

昭和天皇の伊勢神宮参拝は大変なニュースだったはずで、しかも、この時、周海は、地元伊勢の孝徳寺の住職である。天皇の戦勝祈願に際して、周海が何もせずにいた、とは考えにくい。

しかし、孝徳寺には、戦時中の周海の行動は、何も残されていないという。記録が消されたのだろう、と十津川は考えた。

そこで十津川は、当時のことを知っている人間を探すことにした。

何しろ、昭和十七年十二月のことである。
西暦でいえば一九四二年、今から七十八年も昔である。
当時十二歳の子供でも、九十歳になる。
それでも、幸い、当時のことを知っている人物が見つかった。
名前は、曽根徳行《そねのりゆき》。孝徳寺の檀家《だんか》総代の家に生れている。
当時の事情について、父親から詳しく聞いているというのだ。
曽根の話は、次の通りである。

2

住職の周海さんは、戦勝祈願のために、天皇陛下が伊勢神宮に参拝されると聞いて、大いに張り切り、仏教徒として国難退散を祈りたいと、伊勢神宮に申し入れたそうです。
伊勢神宮の境内の片隅でもいい。そこで、お経を上げさせてほしい。元寇《げんこう》の時には、神官と僧侶《そうりょ》が手をつないで、敵軍退散を祈願したではないか——そんなふうに、いったのですが、伊勢神宮の神官たちに、冷たく拒否されてしまったのです。

拒絶された理由は、いろいろあったと思います。元寇の時代は、国教は仏教だったが、昭和十七年は神道《しんとう》が国教だったし、伊勢神宮の祭神はアマテラスで、仏教の釈迦《しゃか》とは関係ありませんからね。それに、神道の神官は、昔から僧侶を拒否する習性があったと思われます。

しかし、周海さんは、筋金入りの愛国者ですから、簡単に諦《あきら》めたりはしません。あの伊勢神宮に渡る橋、五十鈴川にかかる宇治橋の袂《たもと》に、小さな庵《いおり》を建てました。橋のこちら側、神宮の外側です。私の父も、お手伝いしたそうです。

その小屋に籠《こも》って、昭和十七年十二月十二日の払暁《ふつぎょう》から、深夜まで祈願したといいます。元寇の時と同じように、夜を日に継いで、お経を唱え続けた。そのため、のどを痛めて、血を吐いたとききました。

曽根は、ひそかに父が撮ったという写真を見せてくれた。

木造の粗末な庵の中で、お経を唱え続ける周海の写真である。

小屋には、「国難退散」と「神恩感謝」の旗が立てられている。今、伊世が掲げている「神恩感謝」の幟《のぼり》は、それを引き継いだのかもしれない。

曽根徳行の話は続く。

周海さんは、愛国者であると同時に、敬虔《けいけん》な仏法信者で、真言宗の僧侶でした。固く大日経の力を信じて、ひたすら、お経を唱えていたのでしょう。ところが、そのために周海さんは、仏教界からも攻撃されることになってしまったのです。

当時の日本仏教は、完全に変質していました。戦争翼賛は序の口です。大日如来はアマテラスである。よって、仏教の最高位は天皇である。仏教でいう浄土は、日本のことである。このように決めたのです。

これを皇道仏教と呼びますが、これが極端まで行くと、こうなります。

日本での最高の教えは、天皇の詔勅である。したがって、仏教徒は、お経を読む必要はない。詔勅を唱え、それを守ればいい——。

そうした皇道仏教の人たちから見れば、ひたすら、大日経を唱える周海さんは、非国民になってしまうのです。

周海さんは、たぶん不器用な人だったんです。だから、経典の力を疑わなかった。真言の大日経を唱える以外の戦勝祈願は、考えられなかったんだと思います。

ただ、天皇陛下が戦勝祈願をしたといわれていますが、実は陛下自身、「勝利を祈るよりも、寧《むし》ろ、速やかに、平和の日が来るようにお祈りをした」と述懐しているんです。

一方で御告文では、激しい調子で軍人を鼓舞しています。太平洋戦争中の天皇の言動は、矛盾に満ちているという人もいます。

うちの父は、孝徳寺の檀家総代だから、周海さんについては、むしろ困惑していたんでしょう。変わった坊さんだなとは思っていたようです。

父は、周海さんのこんな言葉も、私に教えてくれました。「天皇には、さまざまな顔があった。そのため、いろいろな立場で責任を取らざるを得ないから大変だったのだ」と。

戦前の天皇は、まず、国の元首でした。軍の最高司令官、大元帥《だいげんすい》でもありました。国教である神道の最高位で、神でもあった。もちろん、万世一系の天皇家の当主でもあったわけです。

陛下は、それを忠実に使い分けておられた。たとえば、大臣から報告を受ける時は平服でも、軍人の報告を受ける時は、わざわざ大元帥の軍服に着替えられたそうです。

特に問題になったのは、特攻に関する発言でした。

昭和十九年十月、最初の海軍の特攻、神風特別攻撃隊敷島隊五機がアメリカ軍の空母に突入し、大戦果をあげた。そこで、米内《よない》海軍大臣と及川《おいかわ》軍令部総長は、この戦果を報告するために、宮中に参上した。二人は三十分にわたって、特攻の戦果を報告しましたが、この時の天皇の言葉が問題です。天皇は大元帥だから、お誉《ほ》めの言葉をかけなければならない。それでこういわれたというのです。

「そこまでやらなければならないのか。しかし、よくやった」

この言葉が後々まで伝えられることになりました。

「しかし、よくやった」が、ひとり歩きして、天皇陛下は特攻に賛成していると解釈されてしまった。それもあって、特攻が、終戦まで続くことになったのです。

## 3

曽根は、溜息《ためいき》をついて、いった。

「実は、天皇陛下は、あの時、ほかにも何か言われたんじゃないかという話が、今もあるんです。天皇のお言葉は、録音されることはありません。唯一《ゆいいつ》録音されたのは、終戦の玉音放送で、あとは全《すべ》て伝聞なのです。したがって、今でも天皇が特攻に賛成だったのか、反対だったのか、その真意はわからないのです」

「私はどうしても、周海さんの自殺の理由を知りたいんです。何か言いたいことがあったに違いない。それは、伊勢神宮での戦勝祈願のちょうど四年後の十二月十二日、この日に死んでいることからも明らかです。周海さんにとって特別な日で、あの戦勝祈願は、特別なことだったはずです」

十津川は、そういって、周海に話を戻した。

以下は、再び曽根が語ったことである。

周海が余計なことをしたせいで、天皇の戦勝祈願は失敗してしまった、無駄になったという批判があったようです。

当時は、上から下まで、何か勝てない理由を見つけたがっていたんです。天皇が戦勝祈願をしたのに、一向に戦況はよくならない。天皇の祈念力の不足とは、死んでもいえなかった。天皇は現人神《あらひとがみ》ですから。

それで、あらゆる方面からの攻撃が、周海さんに集中しました。その上、戦後になったら、逆にGHQから、戦意を鼓舞したという理由で、公職追放にされてしまったんです。

だから、確かに自殺したのは、そういったことに対する抗議というか、抵抗だったのかもしれません。

それだけに、遺書があるはずだといわれるのも分かりますが、私が知るかぎり、周海さんの遺書があるとは、聞いたことがありません。

周海さんが亡くなった時、お子さんはまだ物心もつかない幼児でした。どんな人間に育つか、全く分かりません。

だから、その息子に向けて遺書を書くというより、孫や曾孫《そうそん》まで含めて、広く自分の子孫に向けて、遺書を残したということは、ありえないことではないでしょう。それがどんな内容になるか、私にはまったく想像がつきませんが。

伊世さんは今、おかげ横丁で辻《つじ》説法をしているんですね。その気力や確信は、周海さんから受け継いでいるのかもしれません。

昭和十七年の天皇の戦勝祈願は、孝徳寺の檀家としては、静かに見守るという感じだったと聞いています。伊勢神宮の神官と、私たち仏門信徒との間柄は、必ずしも、よくありませんでしたから。

そんな中で、住職の周海さんひとりが、宇治橋の袂に庵を建てて、戦勝祈願を始めた。自分も何かしなければと思われたんでしょうが、その血が、孫の伊世さんにも流れているのかもしれません。

「周海住職について、ほかに誰か詳しく知っている人はいませんかね」

十津川がいうと、曽根は、しばらく考えていたが、

「当時、東京の新聞社が取材に来ていた、と聞いたことがあります。もちろん、天皇の戦勝祈願の取材だったんですが、周海さんにも興味を持ったらしく、取材していたそうです」

と、いう。

「どこの新聞社か、分かりませんか？」

「父は、K新聞といっていたような気がします。東京の新聞社といっても、確か、京都の支社から来ていたんじゃないでしょうか。ただ、その後、記事になったとは聞きませんから、きっと没になったんですよ」

十津川は、その線を追ってみることにした。

4

東京に連絡して、昭和十七年十二月十二日前後の、K新聞を探してもらった。

しかし、ファックスで送られてきた当時の新聞記事には、「現津御神《あきつみかみ》伊勢の神宮に

戦勝を御祈願」の文字が、大きく躍っているだけだった。周海の名前も、宇治橋の袂の庵のことも、全く言及されていなかった。曽根のいうように、没になっているのだ。

十津川は、なおさら、周海について、どんな取材をしたのか知りたくなった。

K新聞の京都支社に連絡を取って、当時の取材を担当した記者を探してもらった。

さすがに数日の時間を要したが、取材したのは、柿沼《かきぬま》という記者だと分かった。すでに亡くなっているが、息子が、やはりK新聞に勤めていると知らされた。

取材した父親の名前は柿沼文彦《ふみひこ》。

息子の名前は、柿沼文男《ふみお》である。今は、同じく京都支社で、デスクをやっているという。

十津川は、すぐに、亀井と京都に向った。

K新聞社は、大阪支社は大きいが、京都支社の方はこぢんまりとしたものだった。

五十代に見える柿沼とは、三条通の喫茶店で会った。

十津川が、孝徳寺の周海住職について聞きたいというと、柿沼は笑って、

「この件について聞かれるのは、初めてですよ」

と、いった。同じ新聞記者同士、父親からは、ずいぶん昔の仕事の話を聞いていたようだ。

「お父さんの柿沼文彦さんは、昭和十七年十二月十二日の伊勢神宮戦勝祈願の取材に行かれた時、孝徳寺の住職、周海さんに興味を持たれて、取材されたと聞きました」

「父は若かったので、ひとり宇治橋の袂の庵で、戦勝を祈る僧侶を、面白がったようです」

「しかし、当時のK新聞を見ると、周海さんの話は、全く載っていませんね」

「いろいろあって、社長が没にしたと聞いていますが、警察が、なぜ昔の父に興味を持たれたんですか？」

と、柿沼が、きいた。

「伊勢神宮のおかげ横丁で、若い女が、『第二の元寇』が来るから、国難に備えて伊勢の神々に祈れと、辻説法のようなことをやっています」

「そのことは、聞いています。伊勢は、京都支社の取材範囲ですから。ただ、それだけでは、記事になりませんね」

「実は、彼女は、周海さんの孫娘なんです」

「本当ですか？」

と、柿沼が、眼をむいた。知らなかったらしい。

「しかも、まだ詳しくは申し上げられないのですが、ある事件の背景に、戦時中の出来事が関わっているようなんです。それで、お父さんが周海さんに、どんな取材をしたか、興味があるんですよ」

「うーん」

と、柿沼は、唸《うな》ってから、きいてきた。

「今日は、どこかにお泊まりですか？」

「三条のHホテルに泊まるつもりですが」

「それなら、今夜、ゆっくり、この件について話し合いましょう。昭和十七年の父の取材記録があるはずなので、家を探して、持って行きますよ」

と、柿沼は、いった。

十津川は、いったん、三条のホテルにチェックインし、早目に亀井と夕食をすませて、柿沼を待つことにした。

柿沼は、書類や写真を、リュックに一杯詰め込んで、やってきた。

十津川が借りたツインルームに、コーヒーやサンドイッチを、ルームサービスで取ってから、話し合いに入った。

柿沼は、リュックの中身を、テーブルの上に取り出しながら、話し始めた。

父は、昭和十七年の伊勢取材のあと、報道班員として、中国に派遣されました。終戦は、中国の片田舎で迎えているんです。

当時の日記を読んでみると、昭和十九年の末に、桂林《けいりん》で陸軍の師団長を取材していて、いきなり殴られた、とありました。

その殴られた原因が、孝徳寺の周海住職だと書いてあるんです。

その師団長は、大分の人間で、宇佐神宮の氏子だったらしい。戦時中、昭和天皇は伊勢神宮のほかに、宇佐神宮でも、戦勝祈願をされています。

天皇が皇祖のアマテラスのお力にすがって、日本を戦いに勝たせてくださいと祈願されたのです。それなのに、一向に戦いは優位にならない。なぜなのかと、その師団長は考え、これは、アマテラスの邪魔をしている者がいるに違いないと考えました。

そこで見つけたのが、孝徳寺の住職、周海だったというわけです。仏教の祖は釈迦で、神道からすれば異教です。

せっかく天皇が、アマテラスに戦勝祈願をしているのに、そのそばで異教の釈迦に祈れば、アマテラスがお怒りになるのは当然だ。そう考えていた師団長の前に、報道班員の父が現われたのです。それで、伊勢神宮参拝の話から、周海の話になり、父が周海を賞したので、師団長はカッとして、父をぶん殴ったというわけです。

当時、天皇は現人神です。その現人神の天皇が、皇祖アマテラスに祈願された。多くの国民は、これで必ず神風が吹いて、驕《おご》りたかぶる敵軍を全滅させてくれると信じたことでしょう。

周海にしても、それは同じだったはずです。別に、アマテラスと張り合おうとか、邪魔をしようという意図はなかったに違いありません。

仏教徒として、できることをしよう、仏教徒も救われるはずだ。そう考えただけです。そんな周海を見て、私の父は感動したんだと思います。

「父は、宇治橋の袂の庵で、百枚余りの写真を撮っていました」

と、柿沼がいって、テーブルに写真を並べる。

確かに、山のような写真だった。

小さな庵、瞑想《めいそう》し、時に何かを叫んでいる周海の顔、全身――。モノクロ写真だけに、かえって迫力がある。

「私も少しばかり、当時の日本の仏教界について勉強したんですが、ほとんどの宗教家や僧侶たちが、戦争に協力していますね」

と、十津川がいうと、柿沼は笑って、話を続けた。

それは、ひどいものです。仕方なく軍部のいうことを聞いたのではなく、日清《にっしん》戦争の頃から、各教団が、積極的に戦争支持の活動を始めています。

これを護国扶宗というのですが、日中戦争の時も、各教団が競って、中国などに寺を輸出していくんです。従軍僧侶の数は、五十名を越え、兵士の慰問、戦病死者の葬儀、日本仏教の海外伝道などに力を尽くしていきます。靖国神社に対抗して、仏教式の招魂堂、忠魂祠堂《ちゅうこんしどう》も建立《こんりゅう》しています。

仏教では、中国や朝鮮の方が先輩なのですが、朝鮮人や中国人の考える仏教より、戦勝国である日本の仏教の方が、秀《すぐ》れているというわけです。

日本こそ浄土だという思い込みや、大日如来が実はアマテラスだというこじつけ、天皇の発する勅語を守れという宗派――仏教は合理的なものなのに、神がかりになっていきました。

これが皇道仏教といわれるもので、御本尊は釈迦牟尼仏《むにぶつ》でなくて、万世一系の天皇陛下であるという考えです。本願寺派も、これに追従して、昭和十七年六月に「皇道仏教の真髄」というパンフレットを出しているくらいです。

皇道仏教では、天皇は宗教的な絶対権威であり、政治的な最高権力者であり、さらに軍の最高司令官ですから、その至高の存在に対して反逆することは、弥陀《みだ》も許さないということになります。

かなり強引な論理です。本来、仏教は、不殺生戒《ふせっしょうかい》を教えているわけだから、戦争には反対のはずです。

昭和十二年七月に、中国と本格的な戦争状態になると、中国の仏教徒から、戦争反対の声が起きました。仏教は、いかなる場合にも、戦争には反対であると。それに対して、日本の仏教連合会は、次のような声明を出しています。

「仏教は、戦争を善いとも悪いともいっていない。善い目的を持つ戦争は善である。仏教において戦争は、あくまでも手段としての戦争である。今日の支那《しな》事変は、永遠の平和を確立せしむるためのものであって、仏教の容認するところである」

父は、中国戦線で、何人かの従軍僧に会っています。その中には、中国人を殺すのも、仏教でいう慈悲の心だと考えて、平然としている者もいたそうです。捕虜を殴り殺す者もいて、呆然《ぼうぜん》としたと書いています。

そんな父が、中国に派遣される直前に、天皇の伊勢神宮参拝の取材に行きました。そこで、橋の袂の庵に閉じ籠って、一心に戦勝祈願する周海さんを、知ったわけです。その姿を目《ま》の当たりにし、話をするうちに、父は周海さんに惚《ほ》れ込んでいったようです。

周海さんは、唐から日本に戒律をもたらした鑑真《がんじん》を尊敬していたようです。日本へ行く決心をした鑑真が、心配する弟子たちに向かって、「是《これ》は法事のためなり。何ぞ、身命を惜まん」と、いっています。その言葉に感動して、仏門に入ったというのです。

したがって、不殺生戒など、仏教の戒律も信じていました。他の宗教家の中には、「一殺多生《いっせつたしょう》」と正当化して、悪人や敵なら殺してもいいと考える者もいましたが、周海さんは、たとえ戦争でも、相手を殺すのは嫌だといっていたそうです。

その周海さんは、伊勢神宮での天皇の戦勝祈願に合わせて、庵に籠り、戦勝を祈願しています。

しかし、それはあくまでも、今から七百四十年前の元寇に際して、元軍の退散を願って、神宮の神官たちと僧侶たちが、一緒に祈願した史実があったからです。その時は、突然、大風が吹いて、一夜にして元軍の船が沈没し、残りは逃げ去った。

そのような奇跡の再来を願って、周海さんは戦勝祈願をしたわけです。

「変な写真がありますね。周海が琴を弾いたり、踊ったりしているようですが、これは何ですか？」

十津川は、何枚かの写真を手に取って、きいた。

小さな鉦《かね》を持って、鳴らしている写真もある。

「それは、法楽です」

と柿沼がいって、説明を始めた。

法楽というのは、仏教徒が神さまを楽しませることです。仏教では、本来は善行によって徳を積むべきですが、日本では、経や陀羅尼《だらに》など、仏法を神に施して、神を慰めたり、楽しませたりすることを、儀礼としていました。もちろん、神仏習合が叫ばれていた時代、神道と仏教が互いに協力できる、いい時代のことです。

たとえば、一一八六年、東大寺の衆徒が伊勢神宮に参拝し、大般若経《だいはんにゃきょう》を読んで、大仏の再興を祈ったことが、国家的法楽といわれています。元寇の時には、外宮、内宮に法楽舎が建てられ、その後、管弦、舞楽などの芸能や、和歌などが、法楽として行われるようになりました。

つまり、その写真は、神宮で戦勝祈願する天皇を、周海さんなりに応援しているところなんです。

しかし、私の父を殴った師団長は、周海さんが、琴や鉦を鳴らしたりして、不敬極まりなしと思っていたようです。仏教の法楽を知らなかったんでしょう。ほかにも、そういう人はいたでしょうから、それも周海さんへの攻撃につながったのかもしれません。

しかし、周海さんの祈りは通じませんでした。神風は吹きませんでした。天皇御《おん》みずから、伊勢神宮の内宮、外宮に参拝され、御告文を捧《ささ》げられたのに、一僧侶が邪魔をした、そういう批判があったことは事実です。

私の父は、皇道仏教は仏教の堕落だと、腹を立てていたので、周海さんの頑固さや一生懸命さに、惚れ込んだのだと思います。

父は、帰国してからも、周海さんのその後を、気にしていたようです。それで、周海さんが亡くなった時のことも、日記に記しています。

周海さんは、天皇の戦勝祈願に合わせて祈った場所、あの宇治橋の袂の、庵があった場所で死んでいるのを、翌朝になって発見されたそうです。亡くなったのは、戦勝祈願の四年後の、同じ十二月十二日でした。

「同じ場所、同じ月日ということに、意味がありそうですね」

と、十津川がいった。

「遺書があれば、周海さんの気持ちが分かるのですが、遺書については、父の日記でも、触れられていないのです」

「私が、探します。必ずあるはずだと思っていますから」

と、十津川はいった。

「父の日記によると、周海さんの遺体を発見したのは、年下の友人だったそうですが、それ以上のことは書かれていません」

残念そうにいう柿沼に、十津川が問いかけた。

「第二の元寇といわれて、柿沼さんは、何だと思いますか？」

「その辻説法をしている、周海さんのお孫さんですね。全然見当もつきませんが、元寇というと、やっぱり周海さんの影響かもしれません。周海さんは、元寇の時に神官と僧侶が力を合わせて祈願した、その史実の再現を願って、庵を建てて戦勝祈願をしたわけですから」

「それは同感です」

「しかし、彼女が生れた時には、祖父の周海さんは、死んでいたわけですよね」

「とうに亡くなっています」

「そうなると、孫の及川伊世さんが、どうして、今年、第二の元寇が来ると、予言できるんですかね？」

「やはり、遺書だと思います。祖父の及川周海が、幼い息子やまだ見ぬ孫に、遺書を書き残していたんでしょう。その中で、第二の元寇が日本を襲うと、予言したんだと思っています」

「しかし――」

と、柿沼は、首をかしげている。

「周海さんが自殺したのは、昭和二十一年、つまり一九四六年ですよ。その七十四年後の今年、第二の元寇が来ると、どうして予言できたんでしょうか？」

十津川は、しばらく考えてから、答えた。

「周海が生まれたのは、一九〇〇年です。パリ万博やパリ五輪が行われた年です。今年は、それからちょうど百二十年後で、東京オリンピックも予定されています。そんなことも関係しているのかもしれません」

柿沼は、まだ納得できないという表情だった。十津川にしても、確信がある答ではない。

「お父上の日記と写真を、お預りできますか？」

と、十津川が、柿沼に頼んだ。柿沼は、にっこり笑って、いった。

「いいですよ。私がお話ししたのは、ごくかいつまんだ内容で、詳しいことは日記をお読みになった方がいいでしょう。ただし、これが役に立って、事件が解決に至ったら、私の方でも、記事にさせてもらいますよ」

## 5

「よし！」

と、十津川は、亀井と自分に気合を入れた。

「この資料と写真を、調べつくすぞ。そして、及川周海と、孫の伊世の秘密を見つけ出す」

二人は、柿沼が帰ったあと、日記などの文書類と写真の山を、二つに分けて、調べ始めた。

まず、柿沼文彦の日記である。最重要なのは、もちろん、昭和十七年十二月、戦勝祈願の取材記録だった。

天皇の伊勢神宮参拝の方は、当時の時勢から、細かく記すわけにもいかなかっただろう。

その分、たまたま見かけた宇治橋の袂の庵と、及川周作については、詳細に記されていた。

——私は、宇治橋の袂に、黒塗りの板で造られた、奇妙な庵を見つけた。陛下が、ここ伊勢神宮に戦勝祈願に来られる日に、危険で目障《めざわ》りではないかと思い、顔見知りの刑事に注意すると、こんな説明が返ってきた。七百五十年以上の歴史のある伊勢の名刹《めいさつ》、孝徳寺の周海住職が、陰ながら、自分も戦勝祈願をしたいとして、五十鈴川のこちら側に庵を建て、籠って祈願しているというのである。

その庵には、「戦勝祈願」の文字ではなく、「国難退散」の小さな旗が立っていた。

私は、まず、そのことに好感を持った。

耳を澄ませると、聞こえて来たのは真言宗の大日経だった。

そのことにも、私は、ほっとした。

支那事変から、大東亜戦争にかけて、仏教界の戦争協力ぶりは、少しばかり異常だという気がしていたからだ。

戦争に協力するのはいい。敵国アメリカだって、神父や牧師が従軍し、兵士のために祈っている。

だが、真の仏教は日本だけにあり、中国の仏教はすでに亡《ほろ》びたと決めつけたり、大日如来は実はアマテラスだといったりするのは、仏教の堕落だろう。

今日も、新聞に「仏教徒よ聖戦に参加せよ」と、あった。軍人が叫ぶならいいが、曹洞宗《そうとう》の禅師が叫んでいたのである。

孝徳寺の住職は、国粋主義者と聞いていたのだが、きちんと仏教徒であることを弁《わきま》えているようで、私は、重ねてほっとしたのだ。

夜になって、私が再び庵を訪ねると、孝徳寺の周海住職は、疲れて、中で横になっていた。眠ってはいなかった。

そこで、私は名刺を渡し、取材させて貰《もら》った。

私が一番聞きたかったのは、陛下の伊勢神宮での戦勝祈願に合わせて、彼がひそかに祈っている理由だった。

「私は、仏教徒として、この国難にどう対処すべきか、悩み続けました。昭和の今から六百六十年前、元寇に際して、伊勢神宮の神官たちと、全国の仏教徒たちは、一緒になって祈りました。そのおかげで神風が吹き、元軍は退散したのです。今こそ、その時と同じく、日本中の宗教家が一致団結して、この国難に当たらなければと思ったのですか」

「伊勢神宮で、陛下は戦勝祈願された。仏教徒のあなたも、戦勝祈念されるわけですか」

「それは少し違います。今の神道は国家神道で、戦う神道でもあります」

「そうですね。今日の陛下の御告文には、先日、木戸内大臣に話されたように、『速やかに最後の勝利を収め』という御言葉が入っているそうです」

「陛下は、大元帥でもあられるわけで、それも無理からぬところでしょう。しかし仏教は、むしろ平和を祈念するものですから、経を唱えることしかできません」

「陛下も、この戦勝祈願について、『速やかな平和を祈願した』と、おっしゃっているようですから、あなたの行動は、天皇陛下の御心《みこころ》にも合っているのですよ」

と、私はいった。

翌日も、周海は庵に籠って、大日経を唱え続けた。私は、その姿を、何枚もカメラに収めた。

今の世は、皇道仏教、国家仏教ばやりである。

皇道仏教を更に進めて、靖国仏教にすべきだという仏教徒も出て来ている。天皇を仏教徒として最高の「金輪聖王」だという者もいる。

仏教では、衆生《しゅじょう》を救うために、誓願を立てる。その数、薬師如来《にょらい》は十二、阿弥陀《あみだ》如来は四十八、釈迦は五百という。普通は、四弘誓願《しぐぜいがん》だが、それを、今の仏教徒の中には、「皇道無上誓願成」と書いたりする者もいる。「仏道無上誓願成」ではないのだ。そんな世の中の、宗教の堕落を見ている私には、周海は、ひどく爽《さわ》やかに見えたのである。

それから四年後、昭和二十一年十二月十二日に周海が自殺した時も、柿沼は日記をつけていた。

周海の死は、すぐに柿沼の知るところになったわけではないらしく、日記にそれが書かれたのは、しばらく経《た》ってからのことだった。

そのためか、内容も、柿沼文男が語ってくれた以上ではなかった。

十津川は、疲れて、寝転がった。

「カメさんも、少し休んだ方がいいな」

柿沼の日記を読み、写真を見ていると、十津川自身が、昭和十七年にいるような錯覚に陥った。

しかし、寝転んでホテルの天井を見ると、現実に引き戻される。

おかげ横丁で辻説法をする、及川伊世の顔が浮かんだ。

この日、横浜に入港中の豪華クルーズ船「ダイヤモンド・プリンセス」号で、新型コロナウイルスに感染した乗客が発見された。

# 第六章　二通の遺書

## 1

「一刻も早く見たい」

と、十津川は、いった。

及川伊世の祖父、及川周作、僧名周海の遺書のことである。

伊世は、昨年から、「第二の元寇《げんこう》」を予言して、人々に警告を発している。おかげ横丁の住人や観光客は、若い女の辻《つじ》説法だと面白がっていたが、伊世がいう襲来する

「敵」が何者なのか、分かっていなかった。だから、危機感もなく、気安く伊世をからかったりしていた。

だが、ここにきて、「敵」が少しずつ姿を見せてきたのだ。

中国の武漢という都市で、原因不明の肺炎が流行しているらしい。これが最初だった。

十津川は、武漢が、どんな都市か知らない。

スマホで検索した。

武漢（ウーハン）副省級市

湖北省の省都。

長江と漢水の合流点にある。

一九四九年に、武昌、漢口、漢陽の三都市が合併して生れた。

人口　一一〇〇万人

――大都市だな。

と、思った。それも知らないことだった。

「新型コロナ」という病名も聞こえてきたが、どんな病気なのか、はっきりしない。発病すると、どんな症状が出るのかも分からない。しかし、たとえば武漢の住人の六分の一に伝染したとしたら、それだけで二百万近い感染者が生まれてしまう。横浜に入港中のクルーズ船「ダイヤモンド・プリンセス」号でも、新型コロナと思われる病気が発生していた。

遠くで発生した伝染病が、突然、喉元《のどもと》近くに現れたような緊迫感がある。政府もマスコミも、どこか楽観的だ。武漢は遠く、クルーズ船で病人が出ても、船内に閉じ込めておけばいいという雰囲気だった。

一月二十三日。

武漢市の都市封鎖が発表された。

新型コロナウイルスの感染者が、凄《すさ》まじい勢いで増えていく。このままでは、中国全土に広がりかねない。そこで、感染を武漢市内で留めようと、都市自体を封鎖してしまったというのである。

一千万人を超す人々が、都市の中に閉じ込められるということが、どういうことなのか、十津川にも想像がつかない。分かるのは、恐ろしい事態が現在進行形で起きているということだ。

ただ、日本国内の反応は、相変らず呑気《のんき》なものだった。大変なことが起きているらしいが、もう都市を封鎖したのだから、この病気が、日本にまで広がってくることはないだろう。そんな楽観的な空気だった。

しかし、十津川は、別のことを考え、そのことに恐怖を募らせていた。

武漢には、ビジネスで、何百人もの日本人が滞在していると聞いたのである。都市が封鎖されたら仕事ができないから、急遽《きゅうきょ》引き揚げてくるだろう。

問題は、その受け入れ態勢である。新型コロナの感染力がはっきりしないし、帰国する人々が感染しているかどうかも分からない。水際《みずぎわ》で防ごうとするだろうが、もし失敗したら、あっという間に、日本でも感染が広がっていくだろう。

何しろ、一千万人都市を封鎖するほど、感染力が強いのだ。

予想どおり、日本政府が、チャーター機で在住邦人を帰国させると発表した。

一方、横浜港で動けずにいる「ダイヤモンド・プリンセス」号では、新型コロナの患者が、さらに増えた。クラスター（感染者集団）の発生である。これで、いよいよ、クルーズ船の乗客・乗員三七〇〇人は、船内に閉じこめられたままになるだろう。もちろん、政府は医者や看護師を投入するだろうが、果して、患者の増加を防げるのか。下手をすると三七〇〇人全員が、新型コロナに冒されてしまうのではないか。

ここまで考えた時、十津川は新型コロナこそが、伊世のいう「第二の元寇」ではないかと思った。

まだ、彼の周囲には、ひとりの感染者もいない。

人々は、平気で出歩いて食事を楽しみ、酒を飲んでいる。武漢のように、東京が封鎖されるとは、誰も考えていないのだ。

だが、十津川は、何か恐ろしいものが近づいてきているのを感じていた。そこに不思議と、及川伊世の姿が重なる。

彼女が、どんな「第二の元寇」を頭に描いているのか分からない。彼女が今、何を考えてどう動くのか、十津川は知りたかった。

そのためにも、どうしても彼女の亡《な》き祖父、周海の遺書を見たいのだ。

十津川は、伊世が周海の遺書を読み、感銘を受けて、今度の行動を取ったと思っている。

「穢《けが》れた大都会を脱出して、神の地に行く。私を追えば、神の罰を受けよう」

これは、伊世が、自宅マンションに残した「覚書」の文章である。

誰に宛《あ》てて書いたものか分からないが、ある覚悟を持って、伊勢に向かったことは想像される。

そして、その覚悟の底に、戦後まもなくの昭和二十一年十二月十二日に、伊勢のかつて国難退散の祈願をした場所で、自害して果てた祖父周海の遺志を感じるのだ。

「遺書があるとしたら、今、どこにあるんですかね？」

と、亀井がきく。

「及川伊世の両親が持っていないことは確かだ」

十津川は、すでに伊世の両親から、確認を取っていた。

両親は、祖父が最後まで親しくしていたのは、南方から復員してきた、須田更三《すだこうぞう》という人物だと教えてくれた。

柿沼文彦の日記には、周海の遺体を見つけたのは、年下の友人だったと書かれている。おそらく、それが、この須田更三なのだろう。

しかし、この男も、すでに亡くなっていた。周海より二十歳も年下で、友人というより、弟子に近い関係だったようだ。九十二歳まで長生きしたが、八年前に大往生を遂げている。

彼の家族から話を聞くことができたが、須田が周海の遺書を預かったかどうかは分からない、ということだった。シンガポールで司令官の下にいた須田は、復員するとすぐ、周海に連絡を取り、会いに出かけたという。

状況的に見れば、遺書の所在を知っているのは、孫娘の伊世だろうということになる。須田から、何らかの形で、伊世の手に渡ったのだ。しかし、その伊世は、遺書について何も語ってくれない。

「私は、周海の遺書は存在したし、伊世は、それを読んだと思っている」

と、十津川は、自信を持って、いった。

「私も同感です」

と、亀井もいう。

「今も、彼女が持っていると思いますか？」

「ほかに考えようがない」

「だとしても、あの調子では、見せてくれそうもありませんね」

「いや、ここに来て、風向きが変わってきた気がするよ」

「本当ですか？　私は気がつきませんが」

十津川と亀井は、毎週のように伊勢に行き、伊世の様子を確認していた。十津川がいうのは、先週、伊勢に行った時のことだった。

「これまでは、祖父や遺書のことをきいても、いつも『存じません』や『ありませんん』ばかりだった。だが、先週、須田更三の名前を出した時は、『祖父の友人だった方ですね』とだけいって、何も否定しなかった」

「それは気がつきませんでしたが、それなら、いつ、遺書を見せてくれるでしょうか？」

「たぶん、『敵』が、本当の恐ろしい姿を見せた時だろうね」

と、十津川はいった。

そして、それは間近に迫っているのだ。

新型コロナウイルスの感染は、容赦なく拡大していった。

武漢の都市封鎖は、既に遅かったようだ。中国以外の国々でも、感染が拡大している。おそらく日本も同じだろう。水面下で感染が広がり、止めることができないのだ。

政府チャーター機の第一便が、羽田に帰ってきたが、乗客の中の二人が、ＰＣＲ検査を拒否。公共交通機関を使って、勝手に帰宅してしまった。法的な拘束力はないので、止められないのだという。

日本にも、新型コロナウイルス感染症（ＣＯＶＩＤ-19）の波が押し寄せてきた。

「ダイヤモンド・プリンセス」号の乗員・乗客三七〇〇人の間に感染が広がり、その数は連日増えているという。

二月二十二日、北海道で八人の新型コロナ感染者が発見された。

感染ルートは不明。医者は「海外からの帰国者が多い都市部で、感染者は、さらに増えるだろう」と警告を発した。

厚生労働省も、ようやくクラスター対策班を発足させた。しかし、緊急事態宣言を巡る議論は迷走していた。

中国での感染状況が報じられた。

感染者　七万八一九一人

死　者　二七一八人

武漢市だけでなく、広州市、上海《シャンハイ》市、北京《ペキン》市でも、移動が厳しく制限された。

アメリカでも、感染者が増え始めた。

アメリカ政府は、武漢市封鎖の一ヶ月前から新型コロナウイルスのことを知りながら、中国政府は何もしなかったと、習近平国家主席を非難した。新型コロナウイルスを世界中に蔓延《まんえん》させたと告発し、ウィリアム・バー司法長官は「これは戦争である」と宣言した。

世界は、このウイルスの脅威を、「戦争」と捉《とら》えているのだ。

（このままでは、日本も戦場になるだろう）

と、十津川は思った。そして、再び亀井と、伊勢のおかげ横丁を訪ねた。

二月末の寒い日である。

近鉄特急では、マスク姿の乗客が以前よりも多くなったが、緊張感は薄かった。政府にもマスコミにも、依然として危機感はなく、人々の間にも、「戦前」や「戦中」の雰囲気はなかった。

日曜日だったこともあって、おかげ横丁は観光客で賑《にぎわ》っていた。

二人が横丁に入って行くと、「あの声」が聞こえてきた。

「皆さん――」

やや甲高い、若い女の声だ。

「今、笑った人がいました。第二の元寇なんか来ないと思ったのでしょう。でも、その人は気がついていないのです。今から七百四十年前の元寇の時も、人々は、目の前に元の大船団が現われるまで、自分たちの国の危機に気がつかなかったんです」

「おねえちゃん、あんたの名前は？」

「伊世、及川伊世です」

「伊世ちゃんには、その敵が見えるのか？」

「はい。よく見えます」

「どんな顔をしてるんだ？」

「丸くて、真っ赤な顔。数は何万か何十万か。とても数え切れません。西の海からやって来ます。だから元寇の時のように、今から祈りなさい。皆で祈りましょう」

からかい気味だった観光客が、いつしか、伊世の言葉に聞き入っている。

伊世の熱心さに心打たれるのか、それとも観光客の方も、どこかに迫りくるものの恐ろしさを感じているのか。

十津川と亀井は、説法が終わるのを待つために、いったん伊勢神宮に参拝してから、おかげ横丁に戻った。事務所でひと休みしている伊世を訪れた。

十津川は、最初から、核心に切り込んだ。

「専門家は、まもなく日本でも感染爆発が起こる、といっています。中国を始めとした海外の様子を見ていると、日本は、感染者五十万人、死者は五千人以上と予測されます。あなたがいっている『第二の元寇』は、この新型コロナのことなのではないですか？」

「姿はまだ、明確ではありません。でも、はっきりと感じられます。間違いなく、まもなく私たちに襲いかかってくると」

「いつから、『第二の元寇』が今年だと、わかっていたんですか？」

「それは、いえません」

「なぜです？」

「信じてもらえないからです」

「ひょっとして、それは亡くなった祖父の周海さんの予言なのではありませんか？」

伊世が黙っているので、十津川が続けた。

「私たちは、あなたの行動の源は、昭和二十一年十二月十二日に自殺した周海さんの遺書にあると思っています。周海さんが亡くなった時、あなたは、もちろんまだ生れていなかった。だが、祖父の周海さんは、自分の子孫に向けて、遺書を残したのではないでしょうか。自分の遺志を継いで、自分の予言を世の中に広めてくれる子孫が、必ず現れることを信じて……」

「――」

「以前も同じことをきいて、そんなものはないといわれました。ですが、あなたのいう『第二の元寇』は、眼の前に近づいている。そろそろ、周海さんの遺書を見せてくれませんか。私たちは、事実が知りたいんです」

「今も、そんなものはないとお答えしたら、どうするつもりですか？」

「根拠なく、街中で扇動を続けるのでしたら、地元の警察に頼んで、身柄を拘束してもらいます。方法は、いくらでもあるんですよ」

十津川は脅かした。

伊世は、また黙ってしまったが、今度の沈黙は、拒否ではなく、迷いに見えた。

彼女は、黙って椅子《いす》から立ち上ると、奥に消えた。戻ってくると、油紙で覆《おお》われた包みを、十津川の前に置いた。

油紙を広げると、中から部厚い封書が出てきた。

「遺書」

と、墨で書かれていた。

全体に、変色してしまっている。

「どうぞ、お持ちください」

伊世は、事務所の奥に入ってしまった。

十津川と亀井は、伊世の気が変わらないうちにと、油紙を包み直して、宿に戻った。

ホテルの部屋で、十津川は、封を開け、中身を取り出した。表書きと同じく、気迫の籠《こも》った達筆である。

冒頭に、

「いずれ生れてくるであろう私の子孫に、この遺書を読ませること」

とあった。

三行分ほど空けて、本文になっているが、こちらは初めから怒りにあふれていた――。

## 2

私は今も仏教徒である。そして、日本人である。戦争中、私は、この二つの間で苦しんだ。

大東亜戦争が始まった時、私は、この戦争に反対しなかった。いや、積極的に賛成し、旗振り役までした。その結果、戦後、私はGHQの命令によって、公職追放になり、仏教界から追われた。宗教界からの公職追放は珍しいから、マッカーサーにも、私の戦争中の行動は、目立って見えたのだろう。

だが、誓っていうが、私は他の仏教徒や学者たちのように、皇国仏教や皇道仏教を奉じたことはない。確かにわが国は、神道を国教とし、天皇を頂く神国である。しかし、だからといって、仏教を神道に近づけたり、同化させようとしたりするのは間違いだと、常々考えていた。

神道と仏教を近づければ、天皇の国家である日本だから、神道が優位に立ち、仏教は歪《ゆが》む。当然である。

しかるに、S・T先生やY・M先生といった仏教の指導者たちは、何とかして仏教でないもの——武士道、茶道、大和魂まで——も、仏教に取り入れようとした。そして、日本の仏教を、皇道仏教、時には護国仏教と呼ぶようになった。

日本に伝わった仏教は、大乗仏教といわれる。そこには、多くの教えが含まれている。たとえば、「不殺生戒《ふせっしょうかい》」は最も有名であり、大乗仏教の根本といってもいい。だから、支那事変中、中国の仏教徒は、殺すなかれと声を上げた。それに対して、日本の仏教徒は、相手が悪人なら殺すのもやむを得ない、それこそが本当の慈悲であると叫んだ。

その教義を支える精神的な拠《よ》りどころとして、武士道や大和魂を持ち込んだのである。剣にも殺人剣と活人剣があり、そうなると剣を振るうことも、肯定されてしまうのだ。こうして、自分たちの都合のいいように解釈していき、仏教は、別ものになってしまった。

私は、そうした解釈だけはしなかった。

確かに、私は孝徳寺周辺の女たちを集めて、竹槍《たけやり》訓練をした。しかし、それは、純粋に国を守る手段としてであり、仏教と結びつけたりはしなかった。

昭和十七年十二月十二日、天皇陛下が伊勢神宮で戦勝祈願をされた時、私は宇治橋の袂《たもと》に庵《いおり》を建て、二日間、国難退散を祈った。六百六十年前の元寇の時、特に弘安の役に際し、伊勢神宮の神官と仏教僧が協力して、国難退散を祈った時と同じように、私は祈っていた。

私は、仏教徒として祈った。だから、私はアマテラスには祈らず、二日間、空海と同じく、大日経を唱え続けたのである。それを曲解され、伊勢神宮のお膝元《ひざもと》でアマテラスに祈願せず、大日経を唱え続けたと非難された。そのため、陛下の戦勝祈願が失敗したようにいわれたのは、誠に腹立たしい。

私は、文永、弘安の二度の元寇の時にならって、国難退散を願っただけなのだ。

あの時、私を非難した連中は、結局、何をしたか。

国家神道に跪《ひざまず》き、自分たちの仏教をねじ曲げ、東南アジアを戦地にして、現地の人々を苦しめながら、それを聖戦とし、自分たちの仏教だけが唯一《ゆいいつ》、正しい教えだと、自惚《うぬぼ》れていたのである。

日本仏教界の最高の偉人といわれたS・T氏は、戦争中、外国の大乗仏教は間違っている、日本の大乗仏教こそ世界宗教である、と豪語していた。

氏はまた、日露戦争の時には、次のようにいっていた。

一、日本の戦争は正義の戦争であって、仏教の慈悲の表われである。
二、戦争において死ぬまで戦うことは、釈尊と天皇に対する報恩の機会である。
三、日本の軍隊は常時、命を投げ出す用意のある、何万人もの菩薩《ぼさつ》で構成されている。
彼等の目的は、自国を防衛するだけでなく、同じアジアの同胞たちを、白人のキリスト教徒たちの帝国主義から、救い出すことである。

今から考えれば、完全な時代錯誤だが、これが当時の仏教界の最高指導者の言葉なのである。

しかも、これだけ大言壮語を公《おおやけ》にしていたにもかかわらず、現実に戦場で負傷兵の手当てや、戦死者の遺族の貧困を助けることを始めたのは、仏教者ではなかった。S・T氏が批判したキリスト教の信者たちだったのである。

先に進める。

これから生れてくる、わが子孫への遺言である。何とかして、私の名誉を回復してほしいのだ。

七十年から百年の周期で、わが国は外敵に襲われている。おそらく、これからの未来にも、第二の元寇の襲来があるだろう。

もっと細かく時期を考えてみた。

私は、明治三十三年、子《ね》年の生まれである。西暦なら一九〇〇年である。暦が一巡りして六十年。人生六十年というが、私はその半ばを過ぎ、四十六歳で生涯を閉じることになる。しかし、その何年間か、戦争の災禍の中で過ごした。次の六十年間に、何も災禍がないことを祈るが、おそらくそうも行くまい。大小いくつかの災禍を経て、次の六十年の末には、最大の災禍が訪れるに違いない。

私には、そう思えてならない。

一九〇〇年から、暦が二巡りしたら、二〇二〇年である。おそらく、私の子というより、孫の時代になっているものか。

二〇二〇年。この年までに、「第二の元寇」が来る。

この予言が外れるなら、それに越したことはない。しかし、私には、「第二の元寇」が、ありうべきものと思えてならない。

そこで、わが子孫に頼みたい。

私と同じく、伊勢に赴き、その地にいる人たちに、「第二の元寇」に備えるよう、呼びかけてほしいのだ。伊勢神宮に純粋に祈り、国難退散を祈願するよう、説いてほしい。

その時、私の子孫が、僧侶《そうりょ》になっているかどうかは関係ない。戦時中の仏教徒たちの堕落を考えると、僧籍にない方がいいかもしれない。

ただ一つ、真言宗の経典である大日経を暗記するか、読めるようになっていてほしいのだ。

二〇二〇年が明ける前から、伊勢神宮の門前町に入り、人々に「第二の元寇」に備えるよう、説得してほしい。

「第二の元寇」が、いったいどんなものになるか。

第三次世界大戦とは思えない。人間は愚かだから、戦争の悲惨さを忘れた頃に、戦争を始める心配もあるが、それは少なくとも、今から百年以上あとのことになるだろう。第二次大戦の痛苦の記憶は、百年間は消えずに残っているはずだ。それくらい、今、私の生きている世界は、悲しみのただ中にある。

戦争でないとすれば、大地震か大水害だろうか。確かにそれらの災害は恐ろしい。しかし、地球を破壊し、世界を亡ぼしてしまうほどの災害は、数千年に一度もないだろう。

残るのは、ペストのような疫病《えきびょう》の広がりである。疫病は、忘れた頃に、突如、世界的な広がりでやってくる。私が生まれた前年、一八九九年には、日本でもペストが流行した。

ペストは中世ヨーロッパで大流行した。船を利用した旅行者が、感染を広げて行った。

この遺書を書いている昭和二十一年十二月の時点では、第二次大戦によって、世界の交通は寸断されている。だから、ペストのような病原体が世界中に広がるには、時間がかかるだろう。

しかし、私が予見する二〇二〇年に、世界はどうなっているか。

交通手段は、今よりはるかに発達しているはずだ。戦争末期、ドイツとイギリスでは、プロペラ機に加えて、ジェット戦闘機が姿を見せていた。二〇二〇年には、旅客機は全《すべ》てジェット機になっているにちがいない。感染が世界に広がるのも、あっという間だろう。

その時に、仏教が果して日本を救えるのか。世界を救えるのか。

今、この遺書を書いている時点で、フランスの若者は「神は死んだ」と叫んでいる。余りにも多くの人間が、第二次大戦で死んだからだろう。

日本でも、多くの罪なき人間が死んでいる。ヒロシマで十四万、ナガサキで七万、そしてトウキョウの大空襲で十万。一瞬で、あっさりと大量の人々が死んでいる。

ヒロシマ、ナガサキ、トウキョウでも、神も仏も死んだにちがいない。

日本は無謀な戦争を始めて、敗れた。陸軍大臣など、多くの政治家や軍人が自死した。

だが、仏教界の指導者が、責任を取って自死した話は、敗戦から一年半たった今も、全く聞こえてこない。

日本仏教界のリーダーだったS・T氏やY・M氏たちは、今、何を考えているのか。何を反省しているのか。それが全く聞こえて来ないのだ。政治家や軍人は、占領軍によって、戦犯として捕らえられている。

私でさえ、公職追放になったが、それは仏教者としての罪で追及されたのではなかった。本土決戦に備えて、私は、地区の防衛隊長を命ぜられていた。部下も二十名いた。その訓練が目立っていたために、GHQに睨《にら》まれたのである。

公職追放によって、孝徳寺からも追われ、僧籍を剝奪《はくだつ》されてしまった。

それにしても、占領軍も日本政府も、仏教の代表者に対して、何ら戦争責任を追及しないことに、私は怒りを感じる。

日本仏教界の指導者たちは、政治家や軍人と一緒になって、むしろ、その精神的な旗振りをして、アジアを侵略したのだ。「聖戦」と称して、何十万、何百万という人々を死なせたのだ。

禅僧の中には、「敵を落し穴に追い込み、狙《ねら》い撃ちして能率をあげた功績で、中隊長は自分に個人感状を申請してくれた」と、出征時の「手柄」を自慢する者さえいたのだ。

身体的な事情で兵役を免れた私は、戦場で人殺しはしなかったが、僧侶の一人として、日本仏教を堕落させた責任はある。

私はこれから、子孫に後事を託して自死するつもりだが、今日まで責任を取らず、生き恥をさらしてきたのは、仏教の指導者たちが、どう責任を取るか、見届けたかったからだ。

繰り返すが、戦後一年半たった今、誰一人として責任を取っていない。

それどころか、彼等の幾人かは、今も有名寺院の住職にある。大学の学長として、日本人の精神的支柱を自任している者もいる。

先日、その一人の講演を聞きにいった。

彼は、まず戦争に反対しなかったことについて、反省の言葉を口にした。

「われわれ仏教徒が、しっかりした仏心を持っていれば、忠誠や愛国心という言葉に翻弄《ほんろう》されたり、聖戦という言葉に酔ったりして、戦争の協力者になることもなかったのである。この反省がない限り、われわれは、また同じ過《あやま》ちを犯すことになる」

なかなか立派な反省だと感心したのだが、再び大東亜戦争に話が及んだ時、彼の言葉に驚いてしまった。

この偉大な仏教指導者は、こういったのだ。

「確かに、わが国は聖戦と称して、アジア諸国に言葉に表わせないほどの大きな被害を与えた。同時に日本軍の兵士を何十万も死なせてしまった。一つの償いは、日本自体を滅することによって、今後アジアの各国が、次々に独立していくことであります。日本が自らを滅することで、アジアの人々は覚醒《かくせい》し、独立をかち取っていく。その時、アジア諸国は、わが日本国に感謝するに違いありません」

私は、この言葉に違和感を持った。これでは、反省にも謝罪にもなっていないのではないか。

今次の大戦で、アメリカ以外の国は、戦勝国でも、国力は減衰している。したがってアジアでは、当然、各地で独立運動が起きるだろうが、それを日本の功績だと、自画自讃《じさん》すべきものなのか。

その疑問を持ったのだが、その後、他の仏教指導者の話を聞くと、謝罪したり、しなかったり、まちまちなのだ。それでも、太平洋戦争についての話になると、全く同じ論理を口にすることに気がついた。

「私たちは、確かにアジア諸国に戦争を持ち込み、多大な被害を強いた。しかし、これは現地のアジアの人々と戦うためではなく、その国を植民地支配していた白人たちと戦うためであった。そのことによって、アジアの人々が独立に目醒《めざ》めたのであれば、われわれの犠牲も無駄ではなかったことになる」

日本軍が欧米の軍隊と戦ったことが、現地のアジア人たちに勇気を与え、独立の気運をわきあがらせた、というのである。さらには、大東亜戦争そのものが、自国の利益のためではなく、アジアの植民地からの解放のためだった、というのである。

これは明らかに身勝手な弁明である。冷静に考えれば、簡単にわかることなのだ。アジアの植民地からの解放というのなら、朝鮮は何なのか。アジアではないのか。アジアの独立国を、日本は植民地にしたではないか。

中国はアジアの大国である。その中国に対して、二十一カ条の要求を突きつけ、攻め込み、昭和十二年から八年間、中国人を殺し続けたのである。

アジアを植民地から解放するための大東亜戦争、というのも嘘《うそ》である。

たとえば、ビルマである。戦前から、若いビルマの青年たちは独立運動をやっていた。その代表が、アウン・サンである。戦争直前、日本陸軍は、このアウン・サン青年に接触して、

「われわれは戦争を始めるが、それは皆さんの目的、独立を手助けするためである」

と約束した。

この言葉に喜んだアウン・サンは、八百人の小人数で、ビルマ国内でゲリラ戦を展開する。英軍の軍用列車を爆破したり、英軍の動きをスパイして、日本軍に知らせたりする。そして、日本軍が昭和十六年末、国境を越えてビルマに進軍。翌十七年三月にラングーン、五月にマンダレーを占領する。当然、アウン・サンたちは約束の実行を迫るが、日本軍はそれを拒否して、ビルマ全土に軍政を布《し》いてしまうのである。怒ったアウン・サンは、反日運動に走ってしまう。

こうした裏切りが起きたのは、ビルマだけではなかった。日本は、もともとアジア解放のために戦争を始めたのではなく、石油、アルミニウム、ゴム、米、綿花など、戦争に必要な物資を獲得するために、東南アジアに侵攻したのだ。独立させるより、軍政を布いた方が便利なのである。鉄剣の力で、どんな命令でも出せるからだ。

フィリピンでは、サトウキビが産業の主力で、それが経済を回転させていたのだが、日本はサトウキビを必要としないので、綿花に変えさせている。突然、フィリピン中のサトウキビ畑を、綿花畑にしたが、上手《うま》くいくはずもない。この占領政策は見事に失敗し、そのためフィリピンの経済は破綻《はたん》した。二千倍のものすごいインフレに襲われたのである。

ビルマは、米の輸出国として有名だった。日本は米が主食だが、国内の生産では賄《まかな》いきれず、足りない分は輸入していた。

そこで、ビルマから、どんどん安く、米を買い取っていった。不作の時もあったが、構わずに米を日本に運んで行ったので、ビルマ人が飢餓に襲われたこともある。

シンガポールを占領した直後、華僑《かきょう》の反日活動を警戒して、占領軍の参謀辻政信《つじまさのぶ》は、若い華僑の男たちを集め、反日的と思われる者を、片っ端から処刑した。その数、日本側の発表では六千人、華僑側の発表では六万人といわれている。

フィリピンの首都マニラの日米攻防戦では、日本側の山下奉文《やましたともゆき》司令官は、司令部を市街から北に移動させ、マニラは戦場にしないことを考えた。しかし、日本海軍の一部は、頑としてマニラ市内から動こうとしなかった。結局、市内が戦場となり、市民十万人が死んでいる。

それについて、フィリピンの歴史学者は、こういっていた。

「私は、日本、アメリカのどちらも、恨むつもりはありません。ただ、黄色い巨象と白い巨象がやって来て、勝手に大暴れしたため、小さな茶色い蟻《あり》たちが、踏み潰《つぶ》されたのです」

この寛大さを、どう受けとめればいいのか。

日本とアメリカの軍隊が勝手にやってきて、フィリピン人を殺した、その事実だけをいっているのである。

そのフィリピンに、日本は三年間、軍政を布いた。すでにアメリカは、フィリピンに独立を約束していたから、日本がその邪魔をしたのだ。

インドネシアについても、同様のことがいえる。日本軍は、現代戦に必要な石油を求めて、インドネシアを占領した。それでも現地人は、親日的で協力的だった。日本側も、ジャワ防衛義勇軍などを作り、協力体制ができていたのだ。

だから、敗戦の時には、この組織に降伏すべきだったのである。そうすればインドネシアの独立は早かった。オランダ軍の力は弱かったからだ。それなのに、なぜか英軍がやってくるまで、日本軍はじっと待っていて、英軍に降伏するのである。そのため、インドネシアは再び植民地になってしまい、現時点でまだ独立できずにいるのだ。

こう考えてくると、仏教指導者たちがいうように、

「日本軍は、アジア諸国を戦場にして、迷惑をかけたが、アジアの国々が独立に目醒めてくれたのだから、かえって感謝されるかもしれない」

とは、口が裂けてもいえないのだ。

腹が立つのは、この恩着せがましい釈明だけではない。

肝心のことを忘れている。

「聖戦の美名の下に、日本軍がアジア各地に進攻し、大変な迷惑をかけたことを反省し、謝罪する」

これが、仏教の指導者たちの言葉である。この部分には、何の問題もないように見える。しかし、私の眼から見れば、ここにこそ、日本の仏教の抱える問題があるのだ。

それは、日本軍の兵士ひとりひとりのことである。

ある日、ひとりの男に、召集令状が届けられる。いわゆる赤紙である。

彼は独身かもしれないし、妻子ある男かもしれない。男たちは集められ、兵舎に押し籠められて、一人前の兵士、皇軍兵士になるために、訓練を受ける。簡単にいえば、何も考えず、命令に絶対服従する兵士に鍛えあげる訓練である。

仏教が、その手助けをした。しかも、積極的にしたのだ。私も、手助けした。

最も利用したのは、仏法の禅だ。もともとは、ある宗派の修行法の一つで、日本には鎌倉時代に伝えられた。たちまち、華道、茶道、書道、絵画、武芸などに、影響を与えるようになった。

江戸時代になると、禅は武士道と結びつく。禅の目的は、無我の境地に至ること、何も考えないことであり、武士道も、死ぬことと見つけたり、である。死だけを考えればいいのだ。そうして、禅が大和魂に結びつき、軍人魂に結びつき、最後は剣とも結びつく。「剣禅一如《いちにょ》」という言葉が生れる。皇軍兵士を育てなければならないのだから、仏教の禅に、戦争と剣とが結びつかないと困るのだ。

仏教の根本は平和であり、不殺生戒である。これでは立派な仏教徒にはなっても、平気で人を殺せる立派な兵士にはなれない。

そこで、正しい人殺しというものがあり、殺すことが慈悲になるとして、一殺多生の考えが持ち込まれた。剣にも殺人剣と活人剣があり、皇軍兵士の剣は、活人剣であるとした。

聖戦に勝つため、皇軍兵士を作るため、全てがねじ曲げられていく。仏教は皇道仏教、国家仏教に変容し、殺人を正当化した。日本の仏教が、世界で唯一、正しい仏教で、他国の仏教は死せる宗教だと決めつけた。日本の仏教の優位性を、声高に宣言した。

重ねて書くが、戦後一年半が経《た》った。

仏教の指導者たちは、この歪んでしまった日本の仏教を、どう正すつもりなのか。

葬式仏教に徹するつもりなのか。それなら、仏教が亡びることはないだろうが、世界の仏教が泣くだろう。

仏教指導者への悪口は、このくらいにしておこう。

私が遺書を書く本当の目的は、それではないし、このあと自死する私が、生まれてくる子孫に残したいことは、もっと根元的なものなのだ。

それは、

「仏教に、本当に人々を救う力があるのか」

という疑問なのだ。

元寇のあった時、神官は伊勢神宮に祈り、仏教の僧侶たちも、同じ伊勢神宮で「国難退散」を共に祈った。当時の僧侶たちは、仏教にそれだけの力があると信じていたのだ。神官と僧侶が揃《そろ》っての祈願の最中、激しい風が吹き、元の船団は海中に没した。

昭和十七年十二月十二日。伊勢神宮に天皇陛下が戦勝祈願をされるのに合せて、私は宇治橋の袂に庵を建て、真言の大日経をひたすら唱え続けた。

私が余計なことをしたため、陛下の戦勝祈願は失敗し、戦局の転換はならなかった、といわれている。

日本仏教の本当の力は、分からないままである。

私は追放されたが、仏教徒である。

どこかで仏教の力を信じている。その力を試したいが、今日、自死すると決めているから、その実証は、このあと生れてくる子孫に委《ゆだ》ねるよりない。

二〇二〇年、世界を包む大きな災厄が見える。日本だけではなく、全てを押し包むだろう。

私の子孫には、その災厄に立ち向かい、仏教の経典を唱え続けてもらいたいのだ。できることなら、紙に書かれた経典が失われるようなことがあっても、大日経を唱えられるようになってほしいのだ。

もしも仏教の力が巨大であれば、日本を襲う災厄は、忽《たちま》ち霧散するだろう。それを私の子孫に見届けてもらいたい。

現在、昭和二十一年十二月十二日、午前六時五十二分。

まもなく、冬の長い夜も明ける。

文章を読み直し、親友の須田更三に、この遺書が渡る手筈《てはず》を確認してから、私は自死する。

これから生まれ来て育つ、私の子孫が、男か女か、どんな性格かも分からない。

だが、なぜか、わが子孫の誰か一人は、私の期待通りに動いてくれるような気がする。だから心配はしていない。

二〇二〇年まで、暫《しば》らく眠ることにする。

3

十津川は、長い遺書を読み終えた。最後の一枚を亀井に渡してから、少し眼をつぶっていた。

この遺書を書いた周海こと、及川周作という人間は、七十四年前にすでに死んでいるのだと、改めて思った。

七十四年前には、十津川も亀井も、まだ生まれていない。

もちろん、新型コロナのことは、誰も知らなかった。

及川周作は、今日のコロナ禍を想像できたのか。予見できたのか。

その答えは見つからないが、彼が「第二の元寇」として予測したことは、今回のコロナしか考えられないのだ。

遺書を読み終えた亀井に、その点をきいてみた。

亀井は、すぐには返事をせず、しばらく考えてから、いった。

「読み終えて、二つのことを感じました。一つは、戦時中の仏教指導者の言動に対する、周海の激しい怒りです。そして、その怒りがあるにもかかわらず、なお、仏教の持つ力を信じたいという強い願望です」

十津川も肯《うなず》いた。

「戦後、すでに七十五年経つが、今、私たちの眼に映る日本仏教というのは、現世利《げんせり》益《やく》と葬式仏教だからね。昭和二十一年の時点では、もっと不信と落胆が大きかったんじゃないかな」

「周海は、自分も孝徳寺の住職だったわけですから、なおさらでしょうね」

「私が調べたところでは、仏教団体が初めて、正式に戦争中の行動について反省し、謝罪文を公表したのは、昭和六十二年、つまり一九八七年のことなんだ。真宗大谷派だったが、それにしても、戦後四十二年たってからだ。当然、周海は知らない」

「他の宗派の反省と謝罪は、当然その後ですね」

「浄土真宗本願寺派は一九九一年、曹洞宗は一九九二年。天台宗は一九九四年。これが主なところだね」

「どんな反省の仕方なんですか？」

「一様に、釈迦の教えを曲解して、侵略行為を聖戦と呼び、戦争に加担したことを反省し、謝罪している。曹洞《そうとう》宗の場合は、長文の懺謝《さんじゃもん》文を発表している」

「心からの反省ですかね？　心底反省するために、時間がかかったんですか？」

「そうならいいんだが、中には、外部から指摘されて、慌《あわ》てて反省と謝罪をした例もある。たとえば、ある宗派は戦後、『年間行動記録』を発表したんだが、戦争中の聖戦讃美の記録をそのまま載せていた。それを指摘され、慌てて謝罪文を発表したようだ」

「及川周作が激怒するのも分かりますね」

「それにもかかわらず、彼が仏教の偉大な力を信じようとしていることに、カメさんは感動するだろう？」

「うちも一応、仏教ですからね。曹洞宗です」

「禅宗か」

「田舎の寺に行って、座禅を組んだこともありますが、周海がいうように、一番戦争に利用された宗派でもあるんですね。禅、武士道、軍隊か」

と、亀井は苦笑する。

それだけ仏教が身近にあるということだろうし、時の権力者に利用されやすいということでもあるだろう。

「カメさんは、どう思っているんだ？　日本仏教に、奇蹟《きせき》を起こす力はあると思うか？」

「現世的に考えれば、あり得ないでしょうね。あれば嬉《うれ》しいし、信心の甲斐《かい》がありますが」

亀井は、常識的な答えをいった。

「聞く相手を間違えたらしい」

と、十津川が笑った。

「そうですよ。今、一番、その質問をすべき相手は、及川伊世ですよ」

「そうなんだ。明日、改めて聞きに行こう」

と、十津川はいった。

## 4

伊世から祖父の遺書を受け取って、十津川と亀井は、伊勢で一泊した。

日本の、いや世界のコロナ情勢は、日ごとに大きく変わっていた。

日本地図の上に、ところどころ虫が食ったような黒い点が描かれ、それが現在のクラスター発生地点だと報道されている。

クラスターという言葉は、最初、異様に聞こえたのだが、いつの間にか、日常的な言葉になった。

政府の専門家会議は、相変らず楽観的なのか、そう装《よそお》っているのか、「爆発的な感染拡大には進んでおらず」と、決まり文句を繰り返している。

だが、おかげ横丁の空気が、一日前とは少しばかり違っているのを、十津川は感じた。

どこか不安げな顔が増えているのだ。

宇治橋の袂では、何かの工事が始まっていた。

おかげ横丁で、伊世の声が聞こえてこない。

事務所を訪れると、伊世は、簡易ベッドで横になっていた。

十津川を見て、慌てて起き上がる。

「疲れましたか」

と、声をかけると、首を振って、

「いよいよ戦いが始まるので、町の人たちに、どう話しかけたらいいか、考えているんです」

「考えているだけですか？」

少し挑発するように、十津川はいった。

「昭和十七年に祖父がやったように、宇治橋の袂に、祈願のための庵を建ててもらっています」

と、伊世がいう。

「敵は、新型コロナウイルスなんですね？」

と、亀井がきいた。

「人が一人でも死ねば、その犯人が敵です」

「勝てると思いますか？」

これは、十津川がきいた。

「仏教の偉大な力を信じています」

「相手は眼に見えず、防ぐ手段も分からない、面倒な敵ですよ」

「だから、銃も弾丸も役に立ちません。戦う手段として、仏法が最善なのです」

と、いって、伊世が初めて、にっこり笑った。

「それで遺書ですが――」

と、十津川が、いいかけた。

「遺書は、祈願に入る前にお渡しします」

「いや、昨日お借りした遺書を、返さなければと思っているんですよ」

「それは、祖父周海の遺書でしょう。それは発表してもらいたいのです。祖父もそれを望んでいると思いますから。私には、もう必要ありません」

と、伊世がいった。全て脳裡《のうり》に焼き付けてある、ということかもしれない。

「では、今、あなたのいった遺書というのは？」

「私の遺書です。警察の知りたいことも、全て書いておきます。私が祈りに入ったら、邪魔をしないで下さい」

と、伊世がいった。

十津川が、質問を返そうとすると、伊世のスマホが鳴った。

何事か話したあと、

「庵の具合を見てほしいとのことなので、行って来ます」

と、いって、事務所を出て行った。

二人も、少し遅れて、後を追った。すぐに追いかけなかったのは、笑みを消した伊世の表情が、それだけ厳しく見えたからだった。

橋の袂には、小さな人垣が出来ていた。

昭和十七年の十二月、同じ場所に、及川周海が庵を建てた。十津川は、その庵の写真を見ている。それを全く復元したかのような、黒っぽい木造の庵だった。

職人と伊世が、話し合っているのが見えた。

突然、人垣の中から、拍手が起きた。

伊世は、小さく手を上げて応じてから、庵の中に入っていった。

やがて、庵に仕掛けたマイクと、外に設《しつら》えたスピーカーを通して、伊世の読経《どきょう》の声が聞こえてきた。

何という経典なのか、十津川は知らない。おそらく、祖父の周海が望んだ大日経だろう。

人垣から再び拍手が起きると、それを静止する声が上がった。騒がずに、経を聴こうといっている。

十津川は、追い返されるように、その場を離れた。

横丁を奥に向って歩きながら、亀井がいった。

「彼女、遺書を書いたといっていましたね」

「ああ」

と、十津川が小さく肯く。

(死ぬ気かもしれない)

という言葉が、頭に浮かんだ。が、十津川はそれを口に出さなかった。

まだ、何かが始ったばかりなのだ。

# 第七章　最後の審判

## I

すでに、「第二の元寇《げんこう》」の正体が、新型コロナであることはわかってきた。伊世の祖父、周海は、二〇二〇年に「第二の元寇」が来ると予言している。三月に入り、首相の要請で全国一斉休校が実施された。イベントの自粛が相次ぎ、オリンピック開催の可否が論じられるようになった。

しかし、この新型コロナが、「第二の元寇」と恐れるべき国難なのかどうか、人々にまだ実感は薄い。全国の感染者は、日に数十人程度にとどまっている。

「今日、彼女はどうしてる？」

と、十津川が、亀井にきいた。二人は、しばらく伊勢で、及川伊世の動向を監視することにしていた。

「庵《いおり》に閉じ籠《こも》っています。特に変わった動きはありませんが、庵に新しい幟《のぼり》が立っていました。『本日、曹洞宗《そうとう》僧侶《そうりょ》と説話』とあります。いよいよ、『第二の元寇』に備えて、各宗派の僧侶たちと、議論をするつもりじゃありませんか。協調してくれる僧侶とは、一緒に祈るつもりだと思います」

と、亀井は答えた。

おそらく、伊勢神宮の神官にも、同調しての祈願を要請するつもりでいるのだろう。果して、協力者が現われるのだろうか。伊世の祖父は孝徳寺の住職だったが、彼女は、僧侶でも何でもない。それでも、説得できるのか。

「それにしても、曹洞宗の僧侶が、一般人の及川伊世に、わざわざ会いに来るのか？」

「彼女が、このおかげ横丁に来て、辻《つじ》説法を始めてから、数ヶ月が経《た》ちます。取り上げるマスコミも現れていますから、仏教界というか、僧侶の方も、無視できなくなっているんでしょう。去年のうちから『第二の元寇』を予言していたのは、確かですから」

と、亀井はいった。

十津川は、判断を後に回して、伊世の様子を見に行った。

庵の前には、小さな幟が立ち、寺と住職の名前が書かれていた。その住職が今、庵の中で、伊世と話しているのだろう。曹洞宗だから、禅宗の寺の僧侶になる。

数人の町の住人が、庵を取り囲んでいた。庵の中で、どんな話し合いが行われているのか。戸の隙間《すきま》に耳を押し当てている人もいたが、会話は一切、聞こえて来ないようだ。

突然、設置されたスピーカーから、男女の声が流れ出した。伊世が、中でマイクのスイッチを入れたのだろう。

「私は戦後生れなんでね。戦時中の禅宗の話をされても困ります」

と、年配の男の声。

「でも、あなたのお父さんは禅宗の僧侶で、戦時中は、中国の戦場にも出征しておられます」

と、追及しているのは、伊世の声だ。

「父は、皇軍の慰問に行ったと聞いています」

「禅宗は、戦争に賛成でしたね。剣禅一如《いちにょ》といって同一視し、軍に近いことを自慢していたのが、禅宗ですから」

「しかし、国があっての宗教でしょう。国のために尽くすことが悪いとは思いませんがね」

「戦争は別です。いかなる場合も、仏教は戦争には反対すべきでしょう。戦争中といえども、仏教には不殺生戒《ふせっしょうかい》があります。戦争だから殺してもいいというのでは、宗教ではないでしょう」

「そういうあなたの祖父に当たる人も、寺の住職で、戦争に反対していませんね？」

「祖父は、それを後悔して、戦後、僧衣は着ませんでした。それに、公職追放されています」

「なぜそんなに、戦争中の仏教にこだわるんですか？　私の父を含めて、ほとんど亡《な》くなってしまっていますよ」

「問題は、戦争中のあやまちが、現在、克服されているかどうかなのです」

「曹洞宗は、きちんと、宗派として反省文を発表しているはずです」

「知っています。一九九二年に、曹洞宗は、戦争協力を認めて、懺謝文《さんじゃもん》を発表しています。でも、それは、平成四年ですよ。少し遅すぎたんじゃありませんか？」

「とにかく、今日、それを持って来たので、要点だけでも聞いて下さい」

このあと、男は、曹洞宗が一九九二年に、宗務総長名で出した「懺謝文」の要約を朗読し始めた。

一、曹洞宗は、戦前から戦中にかけて、多くの伝道師を派遣し、日本仏教の宣伝に当たってきましたが、その際、現地の人々に対して差別的な発言をし、その人権を侵害しました。現地の固有の文化を蔑視《べっし》し、日本の文化を強要し、民族の誇りと尊厳を傷つけました。こうしたわれわれの海外伝道の歴史が犯した誤りを、謝罪し懺悔《ざんげ》したい。
一、一九八〇年に曹洞宗が発行した「曹洞宗海外開教伝道史」は、過去の過《あやま》ちに対して反省を欠いたまま発刊され、しかもそれを肯定したばかりか、賛嘆する表現さえ用いた。被害を受けたアジアの人々の痛みを考慮することもなかったことを恥と感じる。
一、われわれは、一九四五年の敗戦直後に当然なされるべき、「戦争責任」への自己批判を怠った。
一、わが宗門は、アジアの他の民族を侵略する戦争を肯定し、積極的に協力した。特に朝鮮半島において、日本は、王妃暗殺の暴挙を犯し、李朝《りちょう》朝鮮を属国化し、ついに日韓併合により、一つの国家と民族を抹殺してしまった。わが宗門は、その尖兵《せんぺい》となって、朝鮮民族のわが国への同化を図り、皇民化政策推進の担《にな》い手となった。

一、中国等においては、宗門が、侵略下における民衆の宣撫《せんぶ》工作を担当し、中には率先して特務機関に接触し、スパイ活動を行う僧侶さえいた。

一、一つの思想が、一つの信仰が、いかに美しく粧《よそお》い、いかに完璧《かんぺき》な理論を持とうと、それが他の尊厳を侵し、他との共生を拒否するなら、われわれは、それに組みせず、そのような思想と信仰を拒否することを誓う。

一、われわれは重ねて誓う。二度と同じ過ちを犯さない。そして過去の日本の圧政に苦しんだ、アジアの人々に深く謝罪する。

一九九二年十一月二十日

「どうですか。謝罪文として、内容も、満足いくものだと思いますが」

「確かに、立派だと思いますが、この中に、全く書かれていないことがあります」

と、伊世の声がいう。

「完全な謝罪文と思いますが、何か脱落がありましたか？」

「禅宗が戦時中、危険な存在になったのは、大和魂や武士道を通じて、軍人精神と結びついたからです。戦時中は、皇軍兵士と呼ばれましたが、立派な軍人を育てるのに一番適当なのが禅といわれました。それで、禅宗は国家に接近したのです。そのことが、全く触れられていませんね。戦争中は剣禅一如という言葉がはやり、その延長線上で、戦争を肯定していた、それも触れられていません」

「禅が利用されたことはあるかもしれません。しかし、それは禅の責任ですか」

「去年、禅宗の高僧の方の講演を聞きに行ったところ、その高僧が、戦争について話されたのです。私は、気になって、録音しました。それを聞いて下さい」

ICレコーダーかスマホで録音したのだろう。それを再生しているのだ。別の男の声が流れてきた。

日本は自らを滅して、しかも立派に、アジアの国々を独立させました。まさに聖戦の名に恥じない成果であったと思います。これらは全《すべ》て、忠勇無双のわが二百五十万の英霊の功績に、ほかなりません。独立できたアジアの諸民族は、永久に、その勲功をたたえることでしょう。

太平洋戦争の侵略性は認めます。しかし、嬉《うれ》しいのは、その結果として、アジア諸国が独立を果した。これはきちんと認めましょうよ。敗戦国だからといって、卑下する必要はない。ビルマ、マレーシア、シンガポール、インドネシア、フィリピン、次々に独立していったんです。日本が太平洋戦争を始め、二百五十万人の将兵が死んだ。そのおかげで、アジア諸国が独立できた。無駄死ではなかったのです。

再び伊世と僧侶の対話が、きこえてきた。

「この講演の、何が悪いのです？　ある面から見た事実を、訴えているだけではないですか」

「事実ではありません」

「どこが違うんですか？　この戦争の結果、欧米諸国の植民地だった東南アジア諸国が、次々と独立したのは、歴《れっ》とした事実ではありませんか。この戦争は、自存自衛のための戦争でしたが、何よりアジア諸国の解放のためであって、それが実現したんですよ。これは誇ってもいいことだと思いますがね」

「事実を見るべきです。昭和十六年十二月八日に戦争が始まり、翌十七年の春には、アジア諸国の大部分を、日本は占領しています。もし日本が、アジアの解放を謳《うた》っていたのなら、その時点で、独立させるべきでしょう。それなのに、日本は一国も独立させず、占領してしまうのです。特にビルマでは、独立派の青年たちに、日本陸軍の将校が独立を約束し、英軍との戦いに協力させました。それなのに、いざビルマを占領したら、約束を反古《ほご》にして、独立要求に取りあおうとしませんでした。ビルマだけではありません。マレー半島、インドネシア、フィリピン、全て独立させず、占領してしまう。昭和十八年になって、日本はようやく独立を認めますが、これも日本の旗色が悪くなったからです。ビルマやフィリピンは、独立を与えられてまもなく、英軍や米軍との戦火で荒廃し、地元の多くの人々が亡くなりました」

「あなたは、いったい何がいいたいんです？」

「事実を知ってもらいたいのです」

「なぜ今なのです？」

「日本仏教は、長く宗教的な奇蹟《きせき》を起こせず、葬式仏教とさえ、いわれています。しかし、仏教本来の力があるはずです。その力が失われたのは、信者たちが明治以後、特に戦争に利用しようと、仏教を都合よく歪《ゆが》めてしまったからです。大乗仏教の第一の戒律である『不殺生戒』を、勝手に『一殺多生《いっせつたしょう》』に変えてしまったのです。神道《しんとう》も同じです。本来、自然を神とするおだやかな宗教なのに、ひたすら戦争のための宗教になってしまったのです。これでは、人々が奇蹟を願っても、叶《かな》うはずがありません。眼前に、新型コロナという『第二の元寇』が迫っています。私は今こそ、神道と仏教の偉大な力を借りて、この国難に打ち勝ちたい。私と亡き祖父の悲願なのです」

「私と父は、まちがっていると？」

「戦時中の信仰には、文句があります。それに、アジアの受けた被害を忘れて、日本のおかげで解放されたと考えるのは、まちがいです」

二人の表情は見えないが、伊世のいい方は、容赦なかった。

男の声がいう。

「あなたは、仏教と神道に、そんな力があると信じているんですか？」

「信じています」

「なぜです？　新型コロナみたいなウイルスに、仏教や神道が勝てると思いますか？」

「勝てると信じています」

「医学でなく、宗教が？」

「ただの宗教ではありません。千年も二千年も続く宗教だからです。奇蹟を起こす力くらいなければ、そんなに長く信仰の対象になっているはずがありません」

伊世の言葉は揺るぎない。一方、男は徐々に反論の言葉を失っていくようだ。

伊世は、さらに僧侶を追及した。

「仏教には、いざという時に人々を救う力があると、私は固く信じています。あなたは仏門にいるのに、それが信じられないのですか。国難といえる災いには、必ず仏教の悟りの力が働くはずです。私は、仏教が国を救うと信じています。あなたは、もっと強く信じているはずじゃありませんか」

曹洞宗の僧侶は、返事をしない。

そして、用心深く答える。

「コロナを撲滅するのは、医の力です。戦争を止めるのは人間です。仏教は、精神的に人を助けることしかできません」

「七百四十年前の元寇の時には、伊勢神宮の神官と仏教の僧侶たちが、一緒になって国難退散を祈り、元の大軍を、海に消し去ったではありませんか。天を動かし、風を起こしたではありませんか」

「あなたは、アマテラスや仏教に、そんな奇蹟を起こす力があると信じているんですか？」

「信じていますとも。仏教にそうした力がなければ、なぜ、仏教を信じるんですか？仏教に力があると信じるから、あなたも僧侶になっているんでしょう？」

「それで、ここに小屋を建てて、祈っている？」

「そうです。あなたも一緒に祈って下さい」

それきり、言葉は聞こえなくなった。

この時、僧侶はどんな顔をしていたのだろうか。

2

他の僧侶たちも、次々に伊世を訪ねてきた。

全国の感染者が増えるにしたがって、伊世がマスコミに取り上げられることが増えていった。どこで聞きつけたのか、彼女の祖父、周海の予言まで報じられるようになった。

仏教界も、こうした報道を無視できなくなったのか、さまざまな宗派の僧侶たちが、おかげ横丁にやって来た。

本願寺系も、天台宗系も、来た。

どちらも、戦後、反省のメッセージを発表しているが、伊世は、曹洞宗の懺謝文と同じく、それが遅い上に中途半端《はんぱ》であることを指摘するので、多くの僧侶が、激昂《げきこう》して帰って行った。

当然、伊世に対する批判も巻き起こった。

たとえば、コロナ問題は、ただ祈るだけ、経を唱えるだけで、消えるものではない。彼女の行動は非科学的だ、という批判である。

「祈っているだけでは、いずれ伊勢のおかげ横丁は、コロナの感染者だらけになるだろう」と、皮肉をいった僧侶もいた。

ウイルスの専門家も、同じだった。コロナに勝つために必要なのは、医学的対策であって、ただ祈願するだけでは、何の役にも立たないというのだ。

伊勢神宮では、神官たちが「コロナ退散」の祈願を始めていた。

しかし、その動きは、伊世に同調し協力するといった積極的なものではなかった。遠慮がちで、公表もされなかった。

戦時中、昭和天皇は伊勢神宮に、戦勝祈願をしていた。神道も宗教である限り、平和を願うものでなければならない。天皇自身、戦勝祈願ではなく、平和を祈願したものだといっているが、いずれにしても、その祈願は奏功しなかった。

今回も、奏功しないかもしれない祈願を、あまり表沙汰《おもてざた》にしたくなかったのだろう。

そのため、七百四十年前の元寇の時のような、国をあげての祈願にはなっていない。神官と僧侶が協力しての祈りという、うねりに発展する気配はなかった。

新型コロナの感染者は、少しずつ、着実に増えていた。病院や介護施設でのクラスターも発生した。

三月二十四日に、東京オリンピックの延期が発表されたが、それに先立つ三連休には、各地に行楽客があふれた。

伊勢神宮にも、おかげ横丁にも、観光客が集まっていた。

そして、ひそかに奇蹟が起きていた。

各地で感染者が出ているのに、おかげ横丁では、一人の感染者も出ていないのである。

地元の病院に面倒をかけた観光客は、一人も出ていないのだ。住民や仕事に来ている人間にも、感染者は見られなかった。

取り巻く環境は、少しずつ変わっていたが、伊世の行動に変化はなかった。

宇治橋の袂《たもと》に庵を作り、そこに籠って、コロナ退散を祈願している。そして、仏教徒の参加を願いながらも、批判をやめなかった。

批判の理由にも、変化はなかった。日本は仏教をねじ曲げてしまった。戦争反対を叫ぶべき時に、聖戦を叫んだ。不殺生戒を説くべき時に、殺してもいい場合もあるといい、一殺多生といった。

その間違いを訂正した本来の仏教に戻るべきなのに、その努力が不足している。時には、それを是認している。それでは、仏は、我々衆生《しゅじょう》を助けてはくれないだろう。そんな伊世の言葉や態度に、既成仏教の人が、また腹を立てた。そして遂《つい》に、彼女の庵が襲われる事件が起きた。

僧侶たちではない。

北陸にある古寺の僧侶が、伊勢に訪ねてきて、伊世と法論を交わした。僧侶は、例によって、伊世に腹を立てた。

三百年の歴史を持つ寺院である。

住職は、怒りが収まらぬまま、伊勢を後にし、寺に帰ると、檀家《だんか》の人たちに、法論の内容を報告した。

孝徳寺の住職の孫とはいえ、本人は僧侶でもない一般人である。それに、祖父の僧侶も、戦時中の軍国主義的言動によって、公職追放を受けている。そのくせ、現代仏教を批判し、自分を罵倒《ばとう》した――

報告を聞いた檀家の総代は、「真の仏教とは何か、真の仏教徒はどうするべきか」といった議論には無関心だったが、とにかく「創建三百年の古寺をバカにした小娘」を、こらしめることに決めた。

手を上げた有志は、五人。

リーダーは、北陸有数の旅館の主人、本多隆一郎《ほんだりゅういちろう》、五十歳である。その古寺には、本多家代々の墓があった。

本多以下の五人が、コロナさわぎの中を、北陸から、三重の伊勢にやってきた。

五人は、おかげ横丁に入った。相変らず、観光客で賑《にぎ》わっている。

「同じ観光地でも、ここはほかと、ちょっと違うな」

と、五人のうちの一人が、いった。

北陸から、伊勢までいくつかの町を経由してきた。それらの町は、一見、普段どおりの生活に見えたが、何か違っていた。どの町にも、見えない悪魔がいるようだった。見えないが、確実に近くにいる。

その影が、このおかげ横丁にはないのだ。いつもの町の賑わいが、そこにはあり、観光客が大勢いた。

本多が、そのことをいうと、土産物店の女主人が、笑顔でいった。

「このおかげ横丁には、奇蹟をもたらしてくれる人がいるんです。若い女性ですよ」

「どんな奇蹟なの？」

「コロナが攻めて来ても、仏教が守ってくれる。お釈迦さまが守って下さるのです」

「そんなことを信じているんですか？　ここは神道の土地でしょうに」

「今まで、このおかげ横丁の住人も、やってきた観光客も、一人も感染者が出ていないんです。あの人のおかげですよ。お客さんたちも、この横丁にいる限り安心です。仏教に守られていますから、安心して、このおかげ横丁で楽しんで下さい」

「あまり安心しない方が、いいんじゃないのかな」

と、本多隆一郎はいい、陽が落ちるのを待って、他の四人と、宇治橋に向った。

五人は、「着火弾」を手にしていた。標的にぶつかって、衝撃を受けると着火する仕組みである。もちろん、本来は投げるものではない。ホームセンターで購入した、キャンプ用の着火剤を使って、投げて物にぶつかると着火するように改造したのだ。

おかげ横丁の店々は、午後五時半で閉店のところが多い。すでに明かりが落ちて、周辺は暗い。

橋に近づくと、及川伊世の読経《どきょう》の声が、かすかに聴こえてきた。それだけ、あたりが静かなのだ。

橋が見える。

その周囲は、暗い。

明かりらしいものは、庵から洩《も》れてくる灯火だけだった。

「一、二、三で、一斉に投げるぞ！」

本多は、大声で仲間に合図を出し、庵に向けて、赤色の着火弾を一斉に投げた。

庵の側壁に、着火弾が次々に命中して、火が吹き出す。やがて火は大きくなり、炎となった。

そう思った瞬間、橋の物陰から、一斉に青いかたまりが、ばらばらと投げられた。

こちらは、防災用の消火剤を使った「消火弾」だった。火元に命中すれば、消火剤がばらまかれて、火が消えるのだ。

本多たちが投げた着火弾によって、一瞬、庵は炎に包まれたが、それに倍する消火弾によって、たちまち炎は消えてしまった。

「こん畜生！」

と、五人は叫んだ。新たな着火弾を投げる。

するとまた、倍の数の消火弾が投げ込まれる。

用意した着火弾が底を突き、五人は逃げ出した。

かった。

## 3

宇治山田のビジネスホテルに泊まっていた十津川と亀井は、この騒動に気がつかなかった。

翌朝、東京の北条早苗刑事から連絡があり、インターネットに奇妙な動画が上げられていると知らされたのだ。

スマホでも見られるというので、十津川が自分のスマホで再生した。

確かに奇妙な動画だった。

スマホの画面には、最初から最後まで人の姿は映らず、赤い着火弾と青い消火弾が、尾を引いて飛び交うだけなのだ。

そして最後には、消火弾が、庵の木の壁をなめる炎を消してしまうのだ。

いくら店が閉まった後とはいえ、近くの人が誰も気づかなかったとは思えない。第一、動画を撮った人間がいたのだ。

それでも、消防車も警察も呼ばれていないのだ。

「横丁の様子を見に行ってみよう」

と、十津川が、亀井を誘った。

おかげ横丁は、いつもと変わらなかった。

春先の寒さなので、「ふくすけ」で伊勢うどんを食べることにした。

「昨夜、小火《ぼや》があったんですってね」

と、十津川が、店の主人に話しかけた。

十津川たちは、長いこと、この横丁に通っているので、この店の主人も、彼らが警視庁の刑事だと知っていた。

「大した火事じゃありません。怪我《けが》人もいないし、警察が出てくるようなものじゃありません。消防車も来てないし、自然に消えたようなものですよ」

と、店の主人はいう。

「スマホで見たんですが、宇治橋の袂で、赤い弾と青い弾が飛び交っていましたね」

「子供の雪合戦みたいなものですよ」

「あなたも、参加したんですか？」

「どうでしたかな。気がついたら、みんな、いたんじゃないですか」

と、うどん屋の主人は笑っている。

十津川も、釣られて笑ったが、こっちは、もちろん苦笑である。

十津川たちは、宇治橋の袂の現場に行ってみた。

小屋からは、伊世の読経の声が、何事もなかったかのように洩れてくる。音量を抑えたスピーカーで、流しているようだ。

数人の男女が、焦《こ》げた小屋の壁板を塗り直したり、周辺の掃除をしたりしていた。いずれも、見覚えのある横丁の人たちである。

どの顔も、楽しそうだ。

「お釈迦さまが、守ってくださった」

口々に、そういいながら、作業をしている。

「どうしますか。調べますか？」

亀井が、小声できいた。

何があったか、だいたいの想像がつく。

前にも、似たようなことがあった。伊世と、訪ねてきた僧侶が、激しく口論したあげく、その僧侶が、小屋の壁に、「仏敵退散」と大きく書いて、逃げたのだ。

僧侶たちが数人で、庵を取り囲み、大声で読経を始めたこともあった。伊世の祈願の邪魔をしようとしたのだろうが、途中で彼女と一緒になって、祈願しているような形になった。それに気付いて、読経をやめて帰ってしまったのだ。

今回の騒ぎも、調べれば、何者が小屋を焼こうとしたのかは分かるだろう。

しかし、逮捕しても、犯人たちは沈黙を続けるだけだろうし、応戦した横丁の住人たちも、沈黙で答えるだけだろう。伊世は、いうまでもない。

「調べても仕方がない」

と、十津川は、いった。

「それより、問題は、及川伊世をどうするかだよ」

十津川は、じっと小屋を見すえた。

「彼女、遺書を書く、といっていましたね」

と、亀井がいう。

「おそらく、近いうちに完全に庵に籠って、祖父の周海のように、昼夜ぶっつづけで祈願を始めるのではないか。そんな気がする」

「それは、いつでしょうか」

「このウイルスが、本当に危機的な状況になった時だろう。その時に、及川伊世は決定的な行動を取ると思うね」

と、十津川は、いった。

三月末になり、感染者は急増の兆《きざ》しを見せていた。有名タレントが感染で亡くなり、大都市では、週末や夜間の外出自粛が呼びかけられた。緊急事態宣言が発出されるとの噂《うわさ》が飛び交っていた。

「それにしても、わからないことがあります」

と、亀井がいった。

「伊世が、本当に奇蹟を起こしているかどうかだろう？」

「そうです。今、日本中で、コロナの新規感染者が出ています。そんな中で、このおかげ横丁では、一人の感染者も出ていない。連日、大勢の観光客がやって来ますが、その中からも、一人も感染者が出ていません。これは偶然なんでしょうか。それとも、及川伊世の願いを、仏法が聞き入れた結果でしょうか。横丁の人々は、奇蹟だといっていますが」

「観光客やマスコミの中にも、そのようにいう人もいるが、たぶん、偶然だよ。感染が拡大しているとはいっても、まだまだ全人口の中で感染者数は少ない。偶然の可能性は、大いに考えられる」

「問題は、一人でも感染者が出た時ですね」

と、亀井がいって、説明を加えた。

「とたんに、悪魔扱いされるかもしれませんね。おかげ横丁にコロナを持ち込んだ犯人だということで」

「私はね、及川伊世本人が感染したらどうなるのか、それを考えているんだ。庵に閉じ籠っていれば、感染の危険は少ないが、おかげ横丁の事務所に出ている時もあるし、地方からやって来た各宗派の僧侶と会ってもいるからね。感染の可能性は、大いにあるんだ」

「もし感染したら、彼女は、どうなるのですかね？」

「可能性は二つだな」

と、十津川は、いった。

「国難を一身に背負った聖女扱いされるか、嘘《うそ》つきの偽善者として追放されるか。そのどちらかだろうね」

午後になって、伊世が久しぶりに事務所に帰るというので、十津川は、会って話を聞くことにした。

彼女は、僧衣を傍に置いて、十津川と会った。

「これは、祖父の僧衣です。私は、僧籍がないので着られませんが、傍に置いて祈願すると、祖父と一緒にいる気持になれるのです」

と、伊世がいった。

「少し痩《や》せましたね」

十津川がいうと、伊世は微笑した。

「お経を唱えるのは、エネルギーが要るんです」

「今、このおかげ横丁では、あなたは信頼を集めていますね。あの庵も、寺院を興《おこ》したように見られています。このコロナさわぎの中で、確かに、おかげ横丁では、一人のコロナ感染者も出ていない。そのことを、どう思いますか？」

「私の力ではありません。仏教の力です。本来持っていた仏教の力です」

「模範的な回答ですね」

十津川は、皮肉をいった。

事務所を覗《のぞ》いて、十津川たちの姿に気付いた様子で、慌《あわ》てて姿を消す男がいた。

「伊勢神宮の神官の方です。一緒にコロナ退散、国難退散を祈願したいといって来られるのです。でも、戦時中の国家神道、皇国神道の傷が残っているのでしょう。まだ遠慮があると、いわれるんです」

「あなたは、まったく遠慮がないのですね」

「その点、私のように僧侶でない人間の方が、気楽に仏教に入っていけます。傷があっても、心底から反省し、祈ればいいのです。今、やるしかありません」

「どうしても、あなたに聞きたいことがあるんです」

「わかっています。先日申し上げた、遺書のことですね。その結果、私は逮捕されるのかもしれません。でも、逮捕は、コロナという国難を、仏の力で退散させてからにしていただけませんか。そうでないと、亡くなった祖父の遺志に添えないことになりますから」

と、伊世は、いう。

「それは、いつになりますか？」

「分かりません」

「私が心配しているのは、あなた自身を含めてですが、このおかげ横丁の住人や観光客の中から、一人でも、コロナの感染者が出た時は、どうするつもりなのか。そこのところなんです」

十津川がきく。

間髪を入れずに、伊世が答えた。

「仏が守って下さるので、絶対に感染者は出ません」

「科学的じゃありませんね」

「仏教の力は、本来、科学を含めた全てを超えるものです」

と、伊世はいう。

これでは、際限がない。

十津川は、諦《あきら》めて、いった。

「コロナが終息するまで、あの庵で、祈願を続けるつもりですか？」

「ほかに、私にできることはありませんから」

と、伊世は、いった。

今夜も庵に籠って、コロナ退散、国難退散を祈願するという。

伊世が自ら口にした「逮捕」という言葉は、重かった。

しかし、伊世は、それを遺書の後に来るものと考えている。その確信は揺らがないようだ。

十津川たちも、今は、それを見守るより仕方がない。

もちろん、最後に来るのが、及川伊世の逮捕だという確信は、十津川たちにとっても揺るぎないものだった。

## 4

四月に入って、遂に七都府県に緊急事態宣言が発出された。

この日、及川伊世が、おかげ横丁の人々の前で発表した。

「私は、この事態が収束するまで、あの庵に籠って、コロナ退散の祈願を続けます。その間、誰も、小屋に近づかないでいただきたいのです。私は釈迦と対話するつもりです。このおかげ横丁で、コロナになる者が一人でも出たら、私は仏教を捨てます。逆に、一人の感染者もなく、コロナが終息したら、私は誰が何といおうと、仏教を信じます」

そのあと、食糧や水などが、庵に運び込まれ、伊世は閉じ籠った。

十津川たちの泊まるホテルに、一通の封書が届いたのは、その日の夜だった。持ってきたのは、伊世の事務所で働く、アルバイトの若い女性である。

封を切ると、数枚の紙が入っていた。一枚目には、墨文字で、

「遺書　及川伊世」

と書かれていた。

十津川は、読みながら、一枚ずつ亀井に渡していく。内容は次の通りだった。

祖父及川周海の遺書にあった予言によれば、今年、二〇二〇年、「第二の元寇」が

襲来します。

私は、この予言を信じています。

祖父は、昭和十七年十二月十二日に、昭和天皇の伊勢神宮における戦勝祈願に合わせて、一人の日本人仏教徒として、国難退散を祈念しました。仏教徒らしく、真言宗徒らしく、大日経を、ひたすら唱えていたといいます。

しかし、天皇の戦勝祈願も、祖父の国難退散の祈りも失敗し、日本は敗戦国となりました。しかし、これは神道と仏教の力が失われたためとは思えません。共に千年、二千年の歴史を持ち、その間には、何億人、何十億人もの、信仰の対象になってきた宗教なのです。簡単に力を失うはずがありません。現に、七百四十年前の元寇に際しては、その祈りの力で、元の船を沈め、追い返しているのです。

力を失ったように見えたのは、日本人が本来の信仰を忘れ、自分たちの勝手な野心のために、二つの宗教を利用したからに違いないのです。特に、明治以降、それが激しくなりました。軍部、いや、日本人全体が、遅れてきた帝国主義と自己を正当化し、侵略戦争を聖戦と唱え、植民地を広げていったのです。

神道も仏教も、その理由づけに利用されました。神道は、もともと全ての自然に神が宿るという、素朴で謙虚な宗教のはずです。それが、いつの間にか、世界一の皇国、皇軍を自称するようになりました。八紘一宇《はっこういちう》を掲げて、日本には世界を征服する使命があると、いい出したのです。

明らかに神道の堕落です。仏教に到っては、さらに深刻でした。仏教信仰の先達である中国に攻め込みながら、中国の仏教は堕落していて、日本仏教こそ、真の仏教だと豪語していたのです。

それどころか、仏教の第一の教えである「不殺生戒」に対して、「一殺多生」といい出したのです。殺しにも正しい殺しがあり、それは慈悲の行為であるというのです。神道も仏教も、どちらも明らかに、堕落していたのです。これでは、いくら祈願しても、願いが叶うはずがない。

祖父の予言した、二〇二〇年がやって来ました。

私は、祖父の遺志を継いで、今から、庵に籠ります。

もし、日本人の神道と仏教が、かつての謙虚な心に戻っていれば、日本は、第二の元寇から救われるでしょう。堕落したままなら、祈りは拒否されるに違いありません。

私は、東京を離れる時に、その気持を小早川卓に話して、理解してもらいました。彼もまた、私と同じく、現代仏教が堕落していると感じていたのです。

その最たるものが、中村准《じゅん》教授だと、小早川は、いっていました。中村は明らかに、宗教をからかい、それを金にしていると、彼はいいました。

「歴史の会2000」で、伊勢神宮について話し合った時、それがはっきり分かったようです。中村から私の説得を頼まれて、困っていたようですが、彼は、はっきり心を決めたといいました。今度、中村に会ったら、決別すると誓ってくれました。

中村は、伊勢神宮は祈りの場ではなく、遊興の場であり、それでいいというのです。もちろん、おかげ横丁には、伊勢神宮に来る人たちにとって、楽しみの場所という面があります。しかし、それは、祈りの場としての伊勢神宮あってこそなのです。祈りを否定してしまえば、宗教の堕落と無力を追認し、さらに推し進めてしまうことになります。中村は、それを金と自分の人気取りのために、テレビで流布《るふ》しようとしているのです。

これは、私が抗議文を送った「日本再見」よりも、悪質で有害だと思いました。ですから、あらゆる手段を使って、中村に抗議し、彼の考えを撤回させるつもりでした。小早川も賛成してくれました。

そんな時に、おかげ横丁での仕事が巡ってきたのです。私は朝五時にマンションを出て、伊勢へ向かいました。京都を回って行った理由は、以前お話しした通りです。私には、それが正しいように思えるのです。

私は、京都駅から近鉄特急に乗って、伊勢を目指しました。ところが、驚いたことに、伊勢中川を過ぎたところで、中村がビスタＥＸに乗り込んできたのです。彼は、私を追いかけてきたのだといいました。

そして、今度の番組では、伊勢神宮を徹底的にからかってやる、というのです。それが受けたら、他の宗教も、次々にからかってやるし、さらに本にすれば、ベストセラーになるだろう、と。

なんて恐ろしく、愚かなことを考えるのか、と私は思いました。そんなことをすれば、私がどんなに仏に祈っても、聞き入れられるはずがありません。「第二の元寇」を止めることも、できなくなるのです。宗教が今、堕落しているとしても、正しい姿に戻さなければならないのです。

ところが中村は、私や小早川に反対されると面倒なので、マンションに行って、小早川を説得してきたと、いいます。早朝にＬマンションに行ったが、私はもう出発した後だったので、小早川と話して、納得してもらったと、明らかな嘘を口にしました。

実は、中村がマンションに来るかもしれないと、私は予想していました。だから、顔を合わさないように、朝早くに出発し、あの「覚書」を残してきたのです。あれは中村に向けたものではなく、自分の決意を、伊勢神宮と仏に明らかにするためのものでした。

私は、中村の話を信じませんでした。小早川と私は、何時間も話し合って、宗教の力について、そして中村の卑劣さについて、意見が一致していました。その小早川が、少し中村から説得されたからといって、簡単に意見を変えるとは思えません。しかも、中村は、こちらの考えに歩み寄ろうともしないのです。彼は、こんな風にいいました。

――君は、伊勢で祈願するそうだが、私にいわせれば、神道も、日本の仏教も、回復できないところまで、堕《お》ちてしまっている。神道は、新年のお祭りさわぎの舞台装置に過ぎないし、仏教はむしろ文学であり、葬式の時のＢＧＭだよ。もはや、神道や仏教に、国や国民を救う力はない。君が、そんな無駄なことをするだけならまだしも、私の邪魔をしてもらっては困る――。

この特急で伊勢に向かっているのを、どうして知ったのか、中村に私はたずねました。中村は、小早川から聞いたといいます。しかし、それも絶対に嘘でした。小早川が、中村に私の予定を教えるはずがありません。

その時に、彼が小早川を殺してきたことが分かりました。私は、自分が乗る電車を、小早川にはＬＩＮＥで伝えてありました。中村が小早川を殺し、スマホを奪って、それを読んだのに違いありません。

　このまま、私が彼の説得を拒絶すれば、自分も殺されてしまうと感じました。そうなれば、私は伊勢に行って、祈ることができなくなってしまいます。もちろん、中村が宗教をからかうのをやめさせたいという強い気持ちもありました。

　私は、祖父のように、祈願が失敗に終わったら、自死する覚悟です。そのために青酸カリを用意していました。入手先については、その人に迷惑がかかるので、申し上げられません。

　どのようにして、中村に青酸カリを飲ませたか、それも説明する気はありません。

　中村は、ひどく好色な男だったとだけ、いっておきます。

　私は、中村を排除しました。咄嗟《とっさ》に、中村が持っていた名古屋からの切符と、私の京都からの切符を交換しておきました。少しでも捜査が混乱してくれればと考えたのです。そして、今、私は伊勢にいます。

　全てをお話しすると約束しましたから、木村明子のことにも、簡単に触れておきましょう。

　彼女は、中村の愛人でした。中村が出張の時には、一日早く来て、京都の木村の家に泊まるのが常だったようです。

今回も、中村は、前日から京都に行く予定だったようです。ところが、朝早くに阿佐谷のマンションに行くことにしたため、予定を変えて、木村明子のところに泊りませんでした。そして、近鉄特急の中で、死んでしまったのです。

木村は、中村の予定変更を怪しみました。伊勢に行くことは聞いていても、小早川を殺したり、私を追いかけたりすることは、もちろん中村も、いっていなかったのでしょう。

おかげ横丁の事務所に現れた木村は、私を中村の新たな愛人だと、勘違いしているようでした。事務所には、アルバイトの子がいたので、私は木村を外に連れ出しました。

私が中村を殺したとは、木村も考えてはいなかったようです。しかし、私を中村の愛人だと勘違いして、騒ぎ立てられると、私が伊勢に来た本来の目的が果たせなくなります。いくら祈願しても、地元の人々は、私を信用して協力してくれないでしょう。ましてや、一緒に祈ってはくれないはずです。それでは、祈りが通じないのです。

私は仕方なく、木村も排除することに決めました。伊勢には、生薬を練りこんだ特産の、のど飴《あめ》があります。万一の時のために、私は、飴の中に青酸カリを入れておいたのです。私を新たな愛人としか見ていない木村に、その飴を与えました。

彼女が、どこでそれを口にするかは分かりません。風宮で死んだと聞いた時には、驚くと同時に、神宮が私の行動を認めてくれたような気持ちになりました。

私は、祖父の遺志を引き継いで、「第二の元寇」に対して、国難退散の祈願をするつもりです。そのためには、自分の命が尽きても、悔いはありません。

私がしたことは、「不殺生戒」を犯し、「一殺多生」になってしまったのではないか。私の中には、その不安もあります。私の祈りが通じるかどうか、それが答になるでしょう。

心ある神官の人たち、目ざめた仏教徒の方々が、一緒に祈ってくれることを願っています。

以上、すべて真実である。

二〇二〇年四月　　　　　　　　及川伊世

「朝六時に、阿佐谷のマンションにいたのは、中村だったのですね」

と、読み終えた亀井がいった。

「そうだな。それから、東京発七時の新幹線に乗って、名古屋から近鉄に乗り換え、伊勢中川でビスタEXに乗り込んだのだ。カメさんが、時刻表で発見したルートだよ」

十津川の言葉に、亀井が頭をかいた。

「中村が京都発の切符を持っていたので、すっかり京都回りで乗り込んだのは中村だ、と思い込んでしまいました」

「これで、伊世の動機も、アリバイの裏側も、分かったことになる」

「それで、どうします？」

と、亀井がきいた。

十津川は、黙って考え込んでいた。

## 5

遂に、伊世を逮捕すればよいところまで、来たのである。

小早川卓が阿佐谷のマンションで殺された事件。中村准教授が近鉄特急ビスタEXの車中で毒殺された事件。木村明子が風宮で毒死していた事件。

及川伊世の告白によって、事件は解決したといっていい。小早川を殺したのは、中村だった。その中村と、木村明子を、青酸カリで殺したのは、伊世である。

当然のこととして、十津川は、伊世の逮捕に向かうつもりだった。

しかし、東京の三上刑事部長の判断は違っていた。

そこには、新型コロナウイルスの深刻な状況があった。

テレビは、全国のコロナ感染の模様を、連日、放送している。

毎日の感染者数と、死者数は、緊急事態宣言が出されても、増加する一方だった。

感染しているかどうかを確かめるためには、PCR検査が必要になる。政府は検査能力を一日二万件に拡充すると発表したが、実際のところ、一日一万件が限度だった。

検査が増えない理由も、テレビが報道した。そこには、さまざまな人的、物的リソースの不足があった。

悲惨で深刻な事例も報じられていた。たとえば、四十度近い熱と激しい咳《せき》に襲われた男性が、保健所や帰国者・接触者相談センターに、一日中電話をかけ続けたが、つながらなかった。ようやくPCR検査を受けて、入院となった時には、人工呼吸器が必要な重症になっていたというのだ。

ところが、おかげ横丁では、相変わらず感染者は出なかった。

地元の人々は、それを及川伊世の必死の祈願と結びつけた。が、十津川は、冷静に見ていた。

厚生労働省が、ＰＣＲ検査受診の目安を細かく決めていたので、町の人々が受診をためらったからだろう、と見たのだ。

ほかにも、さまざまな目に見えない要因や、偶然が働いたのかもしれない。

それらが、おかげ横丁を、エアポケットのように、感染から守ったのではないか。

そのような十津川の考えに対して、三上刑事部長は、いった。

「ここで、及川伊世を逮捕すれば、それは当然、祈願をやめさせることになる。その結果、もしも、おかげ横丁で感染者が出たら、どうなるかね。感染者が出たのは、警察が、伊世を逮捕したせいだ。そのように言い出す人々が、大勢いるのではないか？」

「しかし、犯行を告白している者を逮捕せずにいることは、私にはできません」

「逮捕するなと、いっているわけではない。もう少し事態が落ち着いて、マスコミや地元の反発が弱まるまで、待ったほうがいいと、いっている」

「それは、命令ですか？」

「そう取ってもらってもいい。それに、考えてみたまえ。もう一つ、タイミングがある」

「もう一つ？」

「伊世が祈願を続けている間に、おかげ横丁で感染者が出たら、どうだ？　その時には、地元の人たちも、伊世の逮捕に何の反対もしないのではないかね」

大都市の繁華街では、人出が激減していた。不要不急の外出や長距離の移動は自粛するようにと、政府や自治体が呼びかけたので、おかげ横丁でも、観光客の姿は、めっきり少なくなった。

政府は、当初の方針を転換し、国民ひとりずつに、一律十万円を給付すると発表した。

緊急事態宣言の解除は、まだ先だが、大都市圏では、さらに延長されるかもしれない、との予測が取りざたされていた。

依然として、おかげ横丁では、感染者は出ていない。

そんな中、おかげ横丁の人々が、伊世が籠る庵を取り囲んでいた。

二日前から、伊世の読経の声が聞こえなくなった、というのである。

庵の戸を叩《たた》き、声をかけても、返事がなかった。

祈願の邪魔をしてはいけないと主張する者もいたが、伊世の体を心配する声が多数だった。

庵の戸には、内側から簡単な錠が下ろされていたが、数人がかりで、戸を破ることになった。

人々が、そこで発見したのは、伊世の亡骸《なきがら》だった。

仏教の生まれたインドの方角を向いて、正座したまま、伊世は死んでいた。

その傍に、

「私の死後七日間は、遺体に触らないで下さい」

と、書かれた紙が見つかった。

ただの伝言にも見えるし、遺言にも見える奇妙な文面だった。

横丁の人々が、警察と消防に報告し、検視が行われた。

現場の状況から、事件性はないと見られた。死後一日程度、経過していると、検視官がいった。

問題は、彼女が書き残した言葉の解釈だった。

「触らないで下さい」というのは、「解剖しないでくれ」という意味だろうと想像されたが、「七日間」の意味がわからなかった。

「志半ばに倒れたとはいえ、及川伊世さんは、この横丁にとって恩人だ。遺体は、このまま遺族に、お渡ししたい」

おかげ横丁の人々は、そう主張した。

それに反対したのは、十津川だった。

「及川伊世には、殺人容疑がかかっています。彼女自身の死に、事件性がなくても、ほかの事件との関連で、調べなくてはなりません。司法解剖をお願いしたい。警察として、これは譲れません」

と、彼は珍しく、頑固に言い張った。

十津川は、その時、口に出さなかったが、及川伊世が、なぜ七日間という日数を示したのか、その理由を知りたかったのだ。

十津川の主張が認められて、伊世の遺体は、司法解剖に付されることになった。

伊世の遺体は、大学病院に運ばれ、法医学教室で解剖が行われた。

死因は、毒死だった。

伊世は、庵に籠る時にも、青酸カリを持ち込んでいたのだ。「遺書」でも、万一の時のために、と彼女は書いていた。

コロナが終息すれば、自分は殺人犯として逮捕される。それを嫌っての自殺だったのではないか、と十津川は考えた。

しかし、どうしても分からないのは、「七日間」の意味だった。

十津川は、ウイルス感染の専門家に会った。

「細菌は自分で生きていけるが、ウイルスは自分で生きることができない。それで、人間や動物の身体《からだ》を借りて、生き続けると聞いたのですが、本当ですか？」

と、十津川は、きいた。

「その通りです。簡単にいえば、ウイルスだけで生きるということはできないのです。だから、人間の身体に入り込むのです」

「コロナも同じですね？」

「コロナもウイルスですから」

「コロナに感染したということは、ある人間の肉体に、ウイルスが入り込んだということになりますね」

「その通りです」

「すると、その人間が死ねば、コロナウイルスも死にますね？」

「すぐには死にませんが、時間が経てば、コロナウイルスも死にます」

「今の季節、何時間で、コロナウイルスは死にますか？」

「そうですね。さまざまな条件によりますが、ある研究によると、七日間以内には死にます。いや、消えるといった方が、いいかもしれません」

やはり、と十津川は思った。

及川伊世はコロナに感染していたのだ。

七日間が過ぎて、ウイルスが消えても、おそらく痕跡《こんせき》は残る。検査をすれば、感染の痕跡は確認できるはずだ。

だから、感染の証拠を隠そうとしたのではないだろう。自分の遺体に触れた者が、感染するのを防ごうとしたのか。

いずれにしても、伊世は、コロナに感染していた。

それは、コロナとの戦いに敗れたことを意味する。

「第二の元寇」を退散させられなかったことを意味する。

仏教の力を信じられないことを意味する。

及川伊世は、自分の肉体を殺すことで、断固として、その結論を拒絶したのだ。

(これは、現代の殉教だな)

十津川は、コロナ禍の発生と共に始まり、感染拡大のさなかに結末を迎えた、この半年間の捜査を振り返った。

この作品はフィクションです。
実在の人物、場所とは一切、関係ありません。

この作品は二〇二一年一月新潮社より刊行された。

松本清張著　**駅路**　傑作短編集(六)

これまでの平凡な人生から解放されたい……。停年後を愛人と送るために失踪した男の悲しい結末を描く表題作など、10編の推理小説集。

松本清張著　**ゼロの焦点**

新婚一週間で失踪した夫の行方を求めて、北陸の灰色の空の下を尋ね歩く禎子がまき込まれた連続殺人！『点と線』と並ぶ代表作品。

松本清張著　**時間の習俗**

相模湖畔で業界紙の社長が殺された！容疑者の強力なアリバイを『点と線』の名コンビ三原警部補と鳥飼刑事が解明する本格推理長編。

楡周平著　**鉄の楽園**

日本の鉄道インフラを新興国に売り込め！商社マンと女性官僚が挑む前代未聞のプロジェクトとは。希望溢れる企業エンタメ。

宮脇俊三著　**最長片道切符の旅**

北海道・広尾から九州・枕崎まで、最短経路のほぼ五倍、文字通り紆余曲折一万三千余キロを乗り切った真剣でユーモラスな大旅行。

松本創著　**軌道**
—福知山線脱線事故　JR西日本を変えた闘い—
講談社本田靖春ノンフィクション賞受賞

「責任追及は横に置く。一緒にやらないか」。事故で家族を失った男が、欠陥を抱える巨大組織JR西日本を変えるための闘いに挑む。

近《きん》鉄《てつ》特《とっ》急《きゅう》殺《さつ》人《じん》事《じ》件《けん》

新潮文庫　に－5－45

令和五年三月一日発行

著者　西《にし》村《むら》京《きょう》太《た》郎《ろう》

発行者　佐藤隆信

発行所　株式会社　新潮社

郵便番号　一六二―八七一一
東京都新宿区矢来町七一
電話　編集部(〇三)三二六六―五四四〇
　　　読者係(〇三)三二六六―五一一一
https://www.shinchosha.co.jp

価格はカバーに表示してあります。

乱丁・落丁本は、ご面倒ですが小社読者係宛ご送付ください。送料小社負担にてお取替えいたします。

印刷・大日本印刷株式会社　製本・株式会社植木製本所


ISBN978-4-10-128545-0　C0193